"ANTIQUE"
OF THE GALACTIC WAR CHRONICLE
銀河戦記の
実弾兵器《アンティーク》
バトル・オブ・アルファ
02
著：Gibson
illustration：藤丸

ライザ
「あら、失礼をばミス・マール。
お呼びしたのを忘れてましたわ。
少しばかり取り込み中でしたので」

銀河戦記の実弾兵器《アンティーク》 2

バトル・オブ・アルファ

Gibson

イラスト／藤丸

プロローグ

「カーバディィカバディィカバディィ……」

太朗《たろう》は腰を低く構えると、じりじりとスコールへとにじり寄っていく。スコールは腕を組んだまま立ち尽くしており、顔は全くの無表情だった。

「カバディィカバディィ……」

息苦しさを感じてきた太朗は、ちらりと視線を横へと向けた。そこには完全に安心しきった表情の歳《とし》若い男性社員の姿。その社員は太朗と目が合うと、しまったとばかりに咄《とっ》嗟《さ》に身構えた。

（ふっ、かかったな!!）

その瞬間、太朗は視線を男性社員の方には向けずにスコールへと腕を伸ばし、肩をはたくようにしてタッチをする。太朗は続いて素早く身を翻すと、格納庫の床に引かれたラインを目指して走り出した。

そこへ襲い来る、黒い影。

「死ねぇっ！」

「ばもっふ!?」

いつの間に背後へ回っていたのか。アランによるタックルを食らい、吹き飛ぶように床を転がる太朗。そこへスコールが悠々と歩み寄り、太朗の背中に足を乗せて「攻守交代だな」と冷静に言い放った。

「あい、そのようで……いでで、優しさを微塵《みじん》も感じねぇぞこんちくしょう。つーかさ、そっちのチームはどう考えても反則だろ。アランとスコールが同じチームとか無しだって。軍人とマフィアとか、完全にバランスブレイカーじゃねぇか」

倒れ伏したまま、顔だけをぐるりとアランへ向ける太朗。それを見たアランが「不気味な奴《やつ》だな」と苦笑いを浮かべた。

「反則ったって、しょうがないだろう。本部と支部の対抗戦なんだ。それにお前が言いだした事だぜ？」

アランによる正論。そしてそれにぐうと唸《うな》り声を上げる太朗。普段、本部と支部との間に交流が少ない事から、スポーツでもやってお互いを知ろうと言い出したのは確かに太朗だった。

「ねえねえ、ていうか何なのよこのスポーツ。ルールが全くわからないんだけど」

コートの外から、不機嫌そうなマールの声が届く。太朗は首を逆方向へぐるりと回すと、口を開いた。

「何って、カバディだよカバディ。地球じゃ超流行ってたんだぜ。もう老若男女問わずカバディカバディ。世界大会の優勝者は、それこそもう人類の英雄レベルだな。小学生の遊びっつったら、ケードロかカバディが鉄板だぜ？」

　太朗の答えに「はぁ」とどうでも良さげな声色のマール。そこへアランが「いいじゃねえか」と続ける。

「いい運動になるし、なにより道具がいらねえ。テイローの言う通り、誰《だれ》でも出来るスポーツではあるな……しかし、いくらなんでもルールが曖昧《あいまい》過ぎる気はするな。攻撃側がフェイズの終了まで息を吸っちゃいけねぇとか、どう判別すりゃあいいんだ。口にガススキャナーでもつけるのか？」

「んー……フィーリングじゃね？」

「フィーリングねぇ……奥が深いな、地球のスポーツって奴は」

　何やら納得した様子のアラン。太朗自身は全く同意出来なかったが、どうでも良かったのでとりあえず頷《うなず》いておいた。

「あ、ねぇアラン。そういえばさっき、死ねって言わなかった？」

「ん？　気のせいじゃないか、兄弟。縁起でもない事を言わないでくれよ」

「いやいや、言ったよね？　間違いなく死ねって言ったよね？」

「言ってない言ってない」

「そっかぁ？　おかしいなぁ。俺は――」

　まるで本当の兄弟のようにじゃれ合うふたり。外野の中央で暇そうに頬杖《ほおづえ》をつくマールが、子供のようにはしゃぐふたりをぼんやりと眺めながら、「平和ね」と小さく呟《つぶや》いた。

「えぇ、ですが、ミス・マール。それはとても素晴らしい事です」

そんなマールの横で、体操服――太朗が作らせた「こうめ」と書かれた名札付きの白い半袖《はんそで》、紺の半ズボンという特注品――を身に着けた小梅《こうめ》が、しみじみと発した。マールはそれに「まぁねぇ」と力なく答えると、猫の様に大きく伸びをした。

「にしても、あのふたり仲いいわねぇ。肩なんて組んじゃって……何企《たくら》んでるのかしら。表情がちょっと気持ち悪いし」

「えぇ、ミス・マール。しかし話している内容はもっと気持ち悪いようですよ」

小梅の声に、何事だろうかと耳を傾けるマール。

「うぅむ、しかしテイロー。そんなにうまくいくか？」

「想像してみろよアラン。女の子が向こうからタッチして来てくれるんだぜ……しかも触られた後は、タックルかまそうがどさくさに紛れて抱き着こうが、全部ＯＫ。ルール上問題無し」

「なるほど……ちなみに、その。なんだ……下手すると社会的に抹殺されかねない箇所についても、タッチＯＫなのか？」

「故意じゃなければＯＫ。イエスカバディノージェイル」

「……なんて素敵なスポーツだ！　大将、あんた天才だな！」

こうめ

「へへ、任せろよ兄弟」

耳に届いたふたりの会話に、わなわなと拳《こぶし》を震わせるマール。

「んなわけあるかぁああ！　中止よ中止ぃ！」

マールの声が、広い格納庫へと木霊《こだま》した。


「はい、追加で60発。えぇ、支払いはキャッシュで……えーと、もうちょっと納品時期が早くなりませんかね。出来るだけ急ぎたいんですが」

デルタステーションのオフィスにて、インカムへ手をあてながらぺこぺことお辞儀をする太朗。それを周囲の社員達が、不思議そうな顔で横目に見ている。

「はい。あぁ、了解です。それじゃあまたの機会という事で……はぁ。駄目だわマール。前の値段で受けてくれる所はねぇな。製造会社はどこもお仕事で一杯だとさ」

太朗はインカムを外すと、それを無造作にテーブルへと投げた。もう半日近くも他企業との交渉を続けており、彼は疲れきっていた。太朗はマールの「実弾の補給？」という質問に「おうさ」と答えると、どうしようもないとばかりに手をひらひらとさせた。

「ワインドが暴れまわるようになってから、製造業はどこも手一杯みたいだな。業界は好景気だーって騒いでるけど、うちみたいな小口はほとんど相手にもされねぇわな」

柔らかいクッションのついた椅子《いす》に、溜息《ためいき》を吐《つ》きながらもたれかかる太朗。「いくら要求されたの？」というマールの疑問に、彼は指を大きく開いてみせる事で答えた。

「5倍って事？　うーん、さすがにちょっとキツい値段ね……でも困ったわ。ねぇ、ちょっとこれを見てくれるかしら」

マールは太朗の傍《そば》へ歩み寄ると、太朗の額へとチップを軽く押し当てた。すると太朗のBISHOP上へとデータが移送され、「経費見積り」と題されたリストがずらりと表示された。

「ふむふむ……うえぇ、たったひと月かそこらでこんなんなってるの？　船体備品とかほとんど3倍近いじゃん。こらまいったな」

月別に並べられた多数の諸経費リストの額は、どれもが赤い文字で書かれていた。すなわち値上がりとして表示されており、特に機械装置関連の項目に関しては驚く程の値上がり幅を示している。戦闘艦を多数保有するコープライジングサンにとって、機械装置は定期的に壊れる物という認識が強い。それが軒並み値上がりとなると、会社にとってはまさに死活問題だった。

「今がチャンスって時なのに、こいつはちょっと歯痒《はがゆ》いなぁ。弾頭も大量発注できればかなり安く上がるんだけど、難しいよな？」

頬《ほお》をかきながら、太朗。そんな太朗に「無理よ」とマール。

「実弾弾頭は、あんた以外にまともな運用が出来ないじゃない。才能のありそうな社員もちらほらはいるけど、育つにはもっと時間がかかるわ」

マールの言葉に「だよなぁ」と天井を仰ぐ太朗。太朗は実弾兵器の有用性を身をもって知っていた為《ため》、ライジングサンの戦闘艦乗組員に弾頭制御の発射試験をさせてみた事がある。しかし結果は散々で、せいぜい飲み込みの良い社員がひとつのタレットで単発の弾頭をなんとか制御出来るというだけに止《とど》まっていた。

実際のところ、弾頭の運動制御そのものは難しい技術でも何でもない。しかし問題はデブリ焼却ビームを回避する点にあり、誰もがそこで躓《つまず》く形となった。亜光速で飛来する焼却ビームは、多数を連続して発射される。これを回避するには、最低限それらビーム一本一本の弾道計算がどうしても必要だった。これに各種電磁波やらジャミングやらの計算が加わると、ビームを避ける為の軌道を計算するというのは、普通の人間にはおおよそお手上げだった。

「予備の部材をまとめて購入ったって限度があるしなぁ。交易品の売値を上げるのは仕方が無いにしても、いきなり倍じゃぁ商売にならんぜ？」

「そうよね……中央ならまだしも、地方にそんな購買力は無いわ。アルファ周辺は古い星系だから、あまり鉱物や何かにも期待できないでしょうし」

「まぁ、目ぼしいのはとっくに掘りつくされてるわな。今のところ会社は危険宙域での輪送でぼろ儲けしてるけど、この状況だとちょっとした事で一気に赤字転落してもおかしくねぇな」

揃《そろ》って溜息を吐く、太朗《たろう》とマール。ふたりはしばらく考え込んだ様子で無言の時を過ごしていたが、やがて何かを思いついたのだろうマールが太朗の小型端末をせわしく操作し始めた。

「何を見てるんすかね……えっと、ユニオン参加申請リスト？　そんなんあるんすか？」

マールの手元を覗《のぞ》き込むようにして、太朗。それにマールが「えぇ、そうよ」と人差し指を突きつけた。

「あんた、しばらくは現体制で行くって言ってまともに見もしなかったじゃない。今のところ22社からうちのユニオンに参加したいって連絡が来てるわよ」

太朗は思ってもみなかった事実に「ほえぇ」と感嘆の声を発した。

「22って、すげぇな。意外とうちって有名？」

そんな太朗に、うんざりとしたじと目を向けるマール。

「そりゃあ短い時間でふたつもステーションの危機を救うような真似《まね》してれば、嫌でも有名になるわ。アダルトグッズ輸送会社っていう周知があったせいで、おもしろおかしくメディアに取り上げられたしね」

マールの刺すような視線に、思わず両手を上げる太朗。

「いやいや、あれの輸送があってこそ今のライジングサンがあるわけで……ちなみに、何か目ぼしい会社でもあったん？」

「えぇ、そうね。目ぼしいというか、これは相談なんだけど……」

マールは小型端末を操作すると、その画面上に「マキナ」という名前のコープを映し出した。

「従業員22名の小さな製造加工会社よ。いわゆる零細ね。会社自体は300年近くも前からあるみたいだけど、最近経営が思わしくないみたい。ユニオンへの参加申請も、相互供与というよりは出資が目当てだと思うわ」

ネット上に公開されている会社の概要を表示し、そう説明するマール。太朗は「ふうん」と鼻を鳴らすと、「TRBに参加させるの？」と質問をした。それに「違うわ」と首を振るマール。

「ねえテイロー。レールガンの弾頭や、細かい補給用の備品。何も一般市場に流れる一流品にこだわる必要は無いと思わない？」

何か、含みを持たせた物言いのマール。太朗はその言葉の意味に気付くと、「なーるほど」と腕を組んだ。

「身内に製造会社を入れちまおうって事か。でもそういうのって、やれっていってすぐさま出来るようなもんなの？　準備やら何やらに時間かかったりしない？」

懐疑的な眼差《まなざ》しの太朗。それに「出来るわよ」とマール。

「弾頭に積まれてる小型姿勢制御スラスタなんて、作ってるのは別の会社よ。BISHOP受信装置もそう。私達が弾頭を買ってる所は、それを組み立てて販売してるだけだわ」

マールは人差し指を立てて太朗へ突きつけると、「問題なのは」と続ける。

「別々の部品を買って、集めて、加工して、卸して、小売する。これの全部にマージンが発生してるって事よ。もし一社で全部やってるんだったら、もっとずっと安い値段に抑えられるはずだわ。実弾兵器の弾頭なんていう、特注も特注の品は特にそうよ」

身振り手振りで説明するマール。太朗は「そりゃそうかもだけど」と答えると、片眉《かたまゆ》を上げて肩を竦《すく》めた。

「もしやるとすっと、なんか随分とでけぇ話にならねえか？」

新しい企業のユニオン加入と、それに伴う各種手続きと体制変更。製造会社を参加させるにおいて、ライジングサンは何のノウハウも持っていない。それを考えると、太朗には非常に面倒な事のように思えた。

「そんな事ないわよ。凄《すご》くシンプルに片付くと思うわ。だって――」

マールは太朗の額に指を突きつけると、それをぐいと押し込んだ。

「――買い取ればいいのよ。製造会社も、設計図も、工場も。いまうちの会社に現金が幾らあるか、あんた知ってる？」

マールの剛毅《ごうき》な発案に、太朗はあんぐりと口を開けた。

第1章　アウタースペース〈1〉

デルタステーションから3回ジャンプした先。帝国の物流を担う大動脈である「中央・デルタ間ライン」を構成する中継点のひとつにて、300年間続いて来た製造コープ『マキナ』の長い歴史が、今まさに終わろうとしていた。

「ありがとうございます。これでようやく……ようやく肩の荷がおります」

テーブルへ頭を擦《こす》りつけんばかりに下げる、壮年の男性。そんなマキナ社長の姿は力なく、彼は明らかに疲れ切っていた。

「あぁ、いえ。なんていうか……その、こっちの都合でこうしたわけですし」

「そ、そうですよ。頭を上げて下さい。お互いに得になる話でしたら、なおさらです」

製造会社マキナの買収における事後処理の為にやってきた太朗とマールは、てっきり怒鳴られる物かと覚悟していた。しかしそれゆえに、ふたりは戸惑っていた。

コープマキナはステーションの整備部品を製造していた平和な製造会社であり、そこを弱みに付け込むような形で非常に安く買収したのだ。マールの予想通りマキナの経営はかなり厳しい物があったようで、それこそ方々への借金で首が回らなくなる寸前といった体だった。ワインド騒動による仕入れ値の乱高下が経営悪化の原因であり、会社の持つ本来の生産力とは無関係の要因だった。ライジングサンは借金の一括返済を条件に、マキナの経営権を手に入れる事となった。

『ちょっと、どうするのよテイロー。なんか今にも自殺しちゃいそうなんだけど』

『いやいや、縁起でもねぇって。つかどうすんだよこれ。完全に作戦ミスじゃねぇか』

ヒソヒソと相談するふたり。太朗は背後から感じる強烈な威圧感に、ちらりと後ろを振り返った。そこには万が一に備えて連れてきたベラの、鬼のような形相での立ち姿があった。太朗はただそこへ居てくれればいいと頼んだはずだったのだが、どうやら『彼女なりに』気を使ってくれているらしい。今にも相手を視線で射殺さんばかりで、素人にもわかる殺気をその身にまとっていた。

(ありがた迷惑すぎますぜ、ベラさん。つーか俺が怖ぇよ)

今の彼女なら、銀河帝国の誰《だれ》が見ても間違いなく一目でスペースマフィアだとわかるだろうと太朗は思った。軍服を元にデザインされたタイトなスーツに、羽織っただけのジャケット。明らかに拳銃《けんじゅう》のものと思われる何かが、シャツに独特な膨らみを持たせている。そしてそれらを着こなすベラの眼光は、明らかに堅気のそれとは思えない独特の凄みを湛《たた》えていた。

「契約するんならさっさとしちまいな。てめぇのトコの事情は知らないし、知りたくもない。こっちは法に則《のっと》って、まっとうにそっちを買い占めたんだ。今更ジタバタしても無駄だって事は、わかるよな?」

ずいと乗り出したベラが、丁寧に、そして良く響く彼女独特の低い声で発する。マキナ社長はそれに少し怯《おび》えた様子を見せたが、すぐに笑顔で電子契約書のチップを差し出してきた。

「えぇ、えぇ。もちろんですとも。仰《おつしや》る通りです。仕事があるのでしたら、社員達は全力で取り組んでくれるはずです。えぇ、お約束します」

目を伏せ、何度も何度も頭を下げるマキナ社長。さすがにいたたまれなくなったのか、ベラが「どうすんだ?」とでも言いたげな視線を送って来る。

「えぇと、ほんともう、頭上げて下さい社長さん。あぁいや、元社長さん?　これだとなんか嫌味っぽいか……あー、とにかく。発注する品をちゃんとつくってくれるんなら、それだけで十分です。空いた生産力をどう使おうかとか、そういった事は自由にしてもらって構わないんで」

自分より倍以上も年上の人にこうも頭を下げられると、太朗としてはどうしても申し訳なさが先だってしまう。マキナ社長はようやく恐る恐るといった体で顔を上げると「自由に、ですか?」と不思議そうに首を傾《かし》げた。

「えぇ、まぁ。買収ったって子会社になるだけで、ライジングサンに吸収合併するわけじゃないっすからね。経営権は普通に使って下さい。よっぽど変な事でもしない限りはこっちも口は出しませんよ」

太朗とマールからすれば、この買収は実験的であるという側面が強かった。製造業の経営ノウハウも知らずに大規模な工場を運営すれば、それこそ運任せのような経営になってしまうだろうし、なにより失敗した時に手が付けられなくなってしまう。だからといってマキナを適当に扱うつもりは無いが、この買収は今後の為《ため》の布石という点が多くを占めていた。そうであれば、資金繰り以外については問題の無さそうな元社長に経営を継続してもらうのが一番だった。

「は、はい。寛大な配慮、ありがとうございます……えぇと、それでさっそくなのですが、うちは何を作るのですか？」

ようやく顔色の戻ってきた、元マキナ社長。それに「えぇと……」と言いよどむ太朗。

「一見平和じゃないけど、平和の為の道具っていうか……」

「ははは、まるで謎《なぞ》かけですね。なんでしょう。電気警棒か何かでしょうか？」

「んん、近い！」

「おぉ、そうでしたか」

「艦載砲用大型弾頭兵器の、砲弾っす！」

元マキナ社長の顔が、固まった。

「やっぱ300年も続いた企業を背負うとなると、重圧も凄いもんなのかね？」

「そうなのかもね。これで社員を路頭に迷わせずに済むって、随分喜んでたもの」

ステーション内の高速移動車の中。向い合せに座る太朗《たろう》とマール。買収に関《かか》わる事案は何の問題も起こらずに終了し、ふたりはどこか食事にでも行こうと歓楽区へ向かっていた。予定よりも早く会合が終了してしまった為、時間を持て余していたからだ。

「ぶっちゃけ俺だったら胃に穴が空いてるな。代々続く会社が自分の代で潰《つい》えるとか、たとえ責任は無いとしてもストレス半端ねぇだろ」

「そう考えると、確かにね。帝国には1000年以上続いてるコープも沢山あるけれど、そういった会社を運営するのってどういう気持ちなのかしらね？」

ふたりは決して高くは無い天井を見上げると、しばし無言の時が過ぎた。太朗はそんな時間も決して嫌では無かったが、緊張からか妙に落ち着かないのも確かだった。ベラがいればもう少しマシだったのかもしれないが、残念ながら彼女は用事があるとの事で先にプラムへと戻ってしまっていた。

「その……しかし、あれだな。砲弾作るって言ったら、社長さん驚いてたな。設備的に無理なんかな？」

「うーん、無理なら無理とはっきりそう言うと思うわ。でも、張り切ってたじゃない。新しい挑戦だーって」

「いや、あれ明らかに開き直ってただけだろ」

苦笑いと共に突っ込みを入れる太朗。会話は再び途切れ、またもや沈黙が訪れる。太朗はどうしたものかと次の話題を考え始めるが、そこへアランからの通信を知らせるBISHOPの表示が明滅し始めた。彼は助かったとばかりに、それを繋《つな》げる。

『せっかくのデートの所、邪魔して悪いなテイロー。軍がお前さんとの面会をご要望だとよ。場所はデルタ星系のはずれで、時刻は明後日の正午だ。何かをされる様な事は無いと思うが、一応気は引き締めておけよ』

〈2〉

「帝国軍に対する有力な情報提供をありがとう、テイロー殿。しかしアランから話を聞いた時、また君かと思ったのが正直な所だね」

帝国海軍に所属する戦艦の中で、ライザの兄であるディーンが、太朗の目をじっと見たまま発した。

「あはは、俺も野郎の知り合いはもう十分なんで、出来れば妙齢の女性との再会とかが良かったんだけどね。あ、これって軽いノリで大丈夫な会合？」

太朗の声に「構わないさ」とディーン。おおよそ軍人らしくない細い線の体に、ライザと同じ金髪の髪。甘い美形のマスクも彼女と同様だった。太朗は彼が叩《たた》き上げのそれでは無く、恐らくエリートコースを進む軍人だろうとあたりを付けた。

「この広い銀河で再びこうやって繋がりを持つというのは、果たしてどの程度の確率なのだろうかね。一度計算してみたい所だ……ところでライザはどうだい、君の役に立っているのかな?」

30代と思われるディーンの声は、スコール程では無いが落ち着いていて低く、手を組んだ姿からは余裕のようなものが感じられる。

太朗はぐるりと顔を巡らせると、ディーンの所属する帝国軍分遣隊の擁する戦艦グレイアローの応接間を眺めた。そこは様々な調度品で彩られ、とても軍艦の一室とは思えない程の豪華さを見せつけてくる。棚やテーブルといった調度品は木製――驚く事に木製だ！――で、細かい鮮やかな装飾が施されている。ワイヤーで固定されたシャンデリアは太朗の感性からするといささか派手過ぎだが、クリスタルの細やかなきらめきは、素直に綺麗《きれい》だと感じさせるだけの美しさがあった。

「すげぇなぁ……ちなみに俺のっていうか、俺『が』役に立っているかの方が心配なんじゃないんすかね、ディーンさん」

天井を見上げたまま発する太朗。その指摘に、にやりと笑みを作るディーン。

「それはいささか卑屈が過ぎるだろう、テイロー殿。協力関係というのはお互いに利益があるから成り立つものだ。しかしその様子だとうまくいっているようだね、安心したよ。会社も随分成長しているようだ」

決して嫌味というわけではなく、爽《さわ》やかにディーン。太朗は彼に「それなりにね」と返すと、ユニオンの変遷についてを思い返した。

アルジモフ博士への道のりで生まれたTRBユニオンは、中央から切り離された辺境の地であるアルファ星系との交易を続け、今までに無い多大な利益を上げている。

ライザの持つ輸送船を太朗のプラムが護衛し、その異常なまでに詳細な地図とワープ計算をもって先導する。そして辺境の常識に強いベラ達が市場の調査や開拓を行い、同時に周辺星域の安定と掌握を行う。これらは現在非常にうまく回っており、TRBユニオンは合計で1000名を超える企業共同体《ユニオン》へと成長していた。

ライジングサン単体をとってみても従業員200名を超えており、デルタ星系の本社、アルファ星系の支部とで順調な利益を上げている。一部物価の爆発的な値上がりという大きな問題はあったが、それも今の所はなんとか耐える事が出来ている。子会社であるRS《ライジングサン》マキナはこれからだが、RSグループの体質を改善してくれるものと期待している。

太朗の唯一の懸念としては、ライジングサンが輸送会社というよりも、むしろ警備会社としての側面が強くなり始めている所だった。今の所それで困る事は無かったが、当初の目的と違う流れになっているというのは戸惑いを生む。平和な輸送会社に就職したつもり

が、いつの間にか戦闘艦に乗ってワインドと戦っていたという社員も少なくない。

「いつの日か、従業員が億を超える大会社になる日が来るかもしれないね。そうなったら私も転職を考えるべきかな？」

肩を竦《すく》めながら、澄ました顔でディーン。太朗は恐らくジョークのつもりなのだろうと思ったが、本当にそうなのかの判断が付かず、苦笑いをするに止《とど》めた。

「ふふ、冗談はさておき、本題に入ろうか……そうだね。正直に話して欲しい」

言葉を区切り、ずいと身を乗り出すディーン。彼は太朗の目をじっと見つめると、口を開いた。

「君はいったい『どこ』の管轄の者だね？」

心の奥を射抜くかのような、鋭い視線。太朗はそんな視線を受けつつも、ディーンの不可思議な質問に、いったい何の話をしているのだろうかと首を傾げた。

「安心したまえ。見ての通り私以外には誰《だれ》もいないし、盗聴の心配も無い。レコーダーも全《すべ》て停止しているよ。確認するかね？」

目を見たまま、周囲を手であおぐディーン。それに「いいえ」と答える太朗。太朗はレコーダーが船体記録装置だという事はわかったが、それを確認する術《すべ》を知らなかった。

「話す気が無いという事かね？」というディーンに「ぶっちゃけ何の話だかわからんです」と正直に答える。

「私は、難しい質問をしているわけではないと思うがね、テイロー殿。君が、いったい、帝国軍のどの部署に所属する人間かを、聞いているだけだ。私にはそれを聞く権限があり、君にはそれに答える義務がある」

　低く、脅すような口調のディーン。太朗はそれにいくらか気圧《けお》されるが、ベラのそれに比べればいくぶんマシだとも感じた。

「いや、軍に所属した憶《おぼ》えは無いし、関わり合いがあるのはディーンさんとアランくらいのもんっすよ……あぁ、俺の過去の経歴が無いからかな？　別に隠してるわけじゃないけど、多分言っても信じてもらえないと思いますよ」

　誠心誠意とまではいかないが、出来るだけ真面目《まじめ》に答える太朗。しかし残念な事に、その気持ちは伝わらなかったらしい。ディーンは腕を組むと「ふん」と鼻を鳴らした。

「では、先ほどのあれはどうやったと言うんだね。軍に対する知識が無ければとても出来る芸当では無いと思うが」

　ディーンの指摘に「アハハ……」と苦笑いの太朗。

　太朗はこの話し合いの合流場所とされていたデルタステーション付近へと移動する際、軍の艦隊へちょっとしたイタズラを仕掛けていた。以前、アルバ星系で船のシステムをあっという間に掌握されてしまった事に対する仕返しのつもりで、それに対する抵抗を試みたのだ。

「いやぁ、ジョークっすよジョーク……やっぱり、やばかったすかね？」

「当たり前だ。あんなものが冗談になるか。こちらは危うく撃沈命令を発する所だったんだぞ」

　ディーンの声に、今更ながらに冷や汗を浮かべる太朗。

　彼がやったのは、帝国艦隊によるジャミングとハッキングを全て遮断し、変わりに旗艦と思われる戦艦に対するロックオン照射を――極短い時間だが――行った事だ。

「撃沈て……いやはや、おだやかじゃないすね。もうちょっとこう、穏便にいきましょうぜ。あんな大量にジャミングされたら、そら抵抗のひとつもしたくなりますって」

　20隻から同時に来るジャミングは、ひとつひとつを取れば普通のジャミングよりいくらか強力かという程度である事を、太朗はアルバ星系でのやり取りで学習していた。であれば、全てを同時に抵抗処理してしまえば、ジャミングの強さは結局の所1隻のそれとさして変わらないのではないかと考えたのだ。並列処理《マルチタスキング》を得意とする太朗にとって、それは集中さえしてしまえば決して難しい事では無かった。

「軍に手心を求めるのか？　間違った判断だよ、それは。今回は事情が事情ゆえに何の罰則も与えられないが、次回以降はこうはいかんぞ？」

　ディーンの忠告に、もう一度苦笑いを浮かべる太朗。彼はほんのちょっとだけ帝国軍の鼻を明かしてやろうと思っただけだったが、どうやら思ったより効果があったらしかった。

太朗《たろう》がイタズラを思い立った理由は、仕返ししてやろうという気持ちに加え、帝国艦隊が最初に投射するのがスキャンのジャミングだったという事が大きい。太朗は前回同様にスキャンのジャミングを受けた際、まずはそれを無抵抗で受け入れた。それによりプラムは帝国の艦隊を識別する事が出来ない状況に陥り、全ての識別信号《コールサイン》は『対象：アンノウン』という簡素な文字列へと置き換わった。

おもしろいのは、これにより太朗のイタズラが法に触れる事が無くなったという点だ。太朗自身は当然ながら相手が帝国艦隊だという事を承知していたが、裁判で重要視されるのは物的証拠。すなわち船体情報であり、そこには帝国軍に関する一切の情報は記録されていないのだ。これはいつか小梅《こうめ》から聞かされた、マフィアンコープのやり口を真似《まね》てみたものだった。

「まぁ、もう絶対やらないんで勘弁して下さい。前の時に色々憶えたんで、ちょっと仕返しをってね。それだけっす……ハハ……」

しかしイタズラの後に太朗を待っていたのは、全艦隊による強烈なロックオン照射と警告信号《アラート》だった。生きた心地がしなかったし、マールにはこっぴどく叱《しか》られた。彼は少なくとも胸のすく思いは出来たが、言葉通り二度とやるまいと心に誓っていた。

「あの時のあれだけで、か？　信じ難いな……だがおかげで、いい教訓にはなった。今頃《いまごろ》参謀達が新しい電子戦の手順を考える為《ため》に、徹夜の準備をしている頃だろうな」

まだいくらか疑いの眼差《まなざ》しを向けて来ているが、心なしか収まった様子のディーン。彼は「ある種の天才か……そういえばライザもそのような事を……」と呟《つぶや》き、考え込むように視線を上へと向けた。

「ふむ……よし、わかった。では今日の所はここまでとしようか。忙しい所、時間をもらって悪かったね」

にこやかな、しかし感情の込められていないだろうディーンの笑顔。太朗はそれにいくらかの嫌悪感を抱きながらも、素直に席を立った。

「ワインドについての話かと思ったんだけど、違ったんすね。権力《パワー》ゲームか何かっすか？」

扉に向かいざま、太朗。不機嫌そうにぴくりと眉《まゆ》を動かすディーン。

「契約内容は前と同じだよ、テイロー殿。話は終わりだ」

太朗は明らかに怒りのこもったその声に「おおこわ」と肩を竦めた。


太朗が退室した戦艦グレイアローの応接間。胸の上で腕を組み、テーブルへと足を乗せたディーンがひとり、考えをまとめる為に天井を見つめていた。

「諜報《ちょうほう》の訓練を受けた様子では無かった……いや、それすらも欺瞞《ぎまん》である可能性があるか。疑念は尽きんな」

ディーンはめんどくさそうにテーブルの脇《わき》へ備えられたスイッチへと手を伸ばすと「入って来い」と短く発した。すると何も無いまっ平らな壁がゆっくりと回転を始め、その裏から一人の女性が歩み出てくる。

「御機嫌よう、ミスター・ディーン。今日の会合はいかがでしたか？」

ゆっくりと会釈をする女性は、ある種のサイボーグ特有の、瞳孔《どうこう》が開ききった目をディーンへと向けた。肩口の高さに揃《そろ》えられた作り物の白い髪が揺れ、病的な程に白い肌が照明に薄く照らし出される。

「余計な事は喋《しゃべ》るな。それより先ほどの男、どう思った？」

ディーンのぶっきらぼうな質問に「はい」と女。

「別に、ただの若い男かと思います。歩き方も軍人のそれとは程遠く、理知的な受け答えをしていたようにも思えません。心拍数は貴方《あなた》の言動に合わせ、自然に上下していました。精神訓練は受けていないと考えるのが自然かと」

抑揚の無い言葉をつらつらと続ける女。ディーンは女の言葉に一度頷《うなず》くと、「つまらん答えだな」と返した。彼は開いたままの隠し扉へと目を向けると、もしや見破られたのだろうかと不安を募らせる。

「まさか……な。馬鹿馬鹿《ばかばか》しい」

彼の見つめるこの呆《あき》れるほどに原始的な隠し扉は、少なくともディーンの知る限り、実に効果的に働いてくれていた。

　諜報と言えば電子的なそれが一般的なこの時勢、レコーダーや盗聴器といったものはそれ用のスキャナーを使用すれば、すぐにその存在を確かめる事が出来る。そういった設備をあえてシャットアウトする事は、相手の口を軽くするという点において非常に効果的だった。そしてその会話を、サイボーグが陰から物理的に耳を済ませているという事に気付く者は、まずいない。

「相手が本当に無能なのか、それとも貴様が無能なのかのどちらかだな。後者で無い事を祈るといい。さあ、行け」

　ディーンは鬱陶《うっとう》し気に手を払うと、去っていく女を見る事もしなかった。彼はサイボーグという生き物が苦手であり、憎んですらいた。何かトラウマがあるというわけでは無く、生理的に受け付けないのだ。彼はその理由を真剣に考えた事もあったが、近頃《ちかごろ》はどうでも良いと思うようになっていた。それは彼の最も興味のある立身出世には、あまり関係の無い事柄だった。

「奴《やつ》がただの男ね……くそっ、ではそのただの男に一杯食わされた我々はいったいなんだ」

　彼はいらだたしげに机を叩《たた》くと、今もなお新しい接触マニュアルを策定しているはずの参謀たちを思い浮かべた。平和な時代の怠慢が招いた事態でもあるのだろうが、残念ながら彼の所属する組織はそれを言い訳にする事は出来なかった。恐らく倒れるまで働いてもらう事になるだろうが、その対価であるクレジットと名誉は今までに十分すぎる程与えてきたはずだった。

「テイロー・イチジョウ……いったいどこまで絡《から》んでるんだ？」

彼はポケットから別のコープより提供された1枚の写真を取り出すと、それを忌々《いまいま》しげに眺めた。

そこには、プラムのカメラにより撮影されたワインドの巨大工場と、まさに『そっくりな』巨大建造物がまざまざと映し出されていた。


〈3〉


「よぅ大将。ライザの兄貴との面会はどうだったよ。ちゃんと『妹さんを僕に下さい』って言えたか？」

プラムへ戻った太朗を出迎えたのは、珍しく艦橋にいたアラン。話を聞くと小梅とマールが機関室へ向かった為に、その間の留守を頼まれたらしい。BISHOPは船内のほぼあらゆる場所で使用できるが、船の中枢に繋《つな》がる事が出来るのはここだけである。空にするのは望ましくなかった。

「ライザは美人だけど、マールとは違った方向に気が強いからなぁ……あ、これ本人には言わないでね」

そう言うと、首をすくめて怯《おび》えた格好を見せる太朗。彼は「どっちにだ？」と茶化してくるアランに、「どっちもだよ」と笑って答えた。

「あら、テイロー。戻ったのね。何か無理難題をふっかけられたりしなかった？」

小梅と共に、艦橋へと入って来るマール。表情が明るい事から、何をしていたのかは知らないが上手《うま》くいったのだろうと太朗は想像した。

「いんや。いくらかの礼金と、前回同様に箝口令《かんこうれい》を敷かれただけだよ。驚いた様子も焦った様子も無かったから、もしかしたら他《ほか》にも似たような報告があったのかもな」

広い銀河において、自分達だけが特別な存在だとは思えない。とすれば、別の場所で似たような事案が報告されていたと考える方が自然だった。

「他にも？　うーん、そうじゃない事を祈りたいけれど、言われてみればその可能性もあるわよね。でもそうなると、何故《なぜ》かしら。あれは昨日今日に作られたってわけじゃないはずよね？」

腕を組み、意図せずだろうがその豊満な胸を持ち上げるマール。そしてそれを横目に覗《のぞ》き見る男ふたり。

「おほん。まあ、そうだろうな。ワインドは昔からいるし、あれがそうであればだが、そいつらを作る工場も同様なはずだ。最近は大規模な活動が目立つから、また何か動きがあるかもしれねえな」

　何かをごまかすような咳払《せきばら》いと共に、アラン。彼の答えに、同意の表情を示す3人。そこへ小梅が「いずれにせよ」と続ける。

「正義の味方を目指すつもりで無ければ、ワインドの事は避けるのが無難かと思われます。そういう事は軍に任せるのが一番ではないでしょうか」

「そうね。私達に出来る事なんてたかが知れてるわ。ところであんた、あんな事しといて怒られなかったの？」

　話は変わるけど、といった様子でマール。太朗は恐らくイタズラについてだろうと、苦笑いをする。

「めっちゃ怒られた。正直、軍から目をつけられたんじゃねぇかな？」

　太朗の告白に「えぇ!?」と驚きの声を上げるマール。「ちょ、ちょっとあんた。大丈夫なの？」と動揺する彼女をよそに、「なるほど」と関心した調子のアラン。

「なあ、兄弟。お前さん、いつからそんなにずる賢くなったんだ？　実際にやろうとする度胸もあれだが、俺はそこに驚くぜ」

　腕を組み、頷きながらアラン。太朗はそれに「へへ」と悪辣《あくらつ》な笑みを返す。アランは太朗と同じように人の悪そうな笑みを作ると、いまだ不審そうな顔付きのマールへと顔を向けた。

「俺達は軍に厄介になる様な事をする予定が無いって事だよ、嬢ちゃん。であればだ。軍は恐怖の対象では無く、むしろ頼もしい味方ってわけだ」

アランの説明に、理解の驚きを見せるマール。

「へぇ、あんた、ただの憂さ晴らしじゃなかったのね。感心したわ。味方なんだったら、あえて目を引いておいた方が安全だって事でしょ？　良く咄嗟《とっさ》に思い付いたわね」

太朗の方へ、尊敬だか感心だかの笑みを向けるマール。

「へへ、任せろよ。俺だってやる時はやるんだぜ？」

親指で鼻先を擦り、得意気な太朗。そこへ小梅《こうめ》が挙手と共に口を開く。

「ちなみにミスター・テイロー。それを思い付いたのは『いつ』ですか？」

小梅の質問に、親指を立てる太朗。

「マールが『あえて目を引いておいた方が安全だ』って言ったあたり」

「……今じゃん！　それ今じゃん！　私の感心を返せ、バカ！」


逃げる様に走り去る太朗と、それを追って行くマール。アランと小梅がそれを眺め、それぞれに微笑を浮かべている。

「嬢ちゃんもだいぶ突っ込みが上手くなったな……ところで小梅。テイローのあれはどこまでが本当だと思う?」

前を向いたまま、アラン。そんな彼へ顔を向ける小梅。

「不明です、ミスター・アラン。ですが、わざわざミス・ライザに事前報告させるあたり、ある程度は前もって考えられていた行動と考えるのが自然かと」

小梅の声に、目を細めるアラン。

「お前さん、本当にAIなんだよな?」

そんなアランに、にこりとした笑みを向ける小梅。

「会話によってそれを確かめるのは、いささか難しいと思われますよ、ミスター・アラン。チューリングテストでの識別が不可能になったのは、もう2000年も前の話です」

小梅の回答に「そうかい」と短くアラン。

「さっきみたいな抽象的な質問に、それだけ早く的確な答えを返せるAIってのを俺はお前の他に知らん。正直な所、気に食わんな」

「えぇ、存じてますよ、ミスター・アラン」

「そうか……まあ、だからどうこうしようって話じゃないんだ。同じ目的を持つ仲間なわけだし、出来れば上手い事やってきたいと思ってる。好きか嫌いかなんてもんを行動に結びつけない程度の分別は、持ってるつもりだ」

そう言うと、再び前を向くアラン。既に太朗《たろう》達は廊下へ出て行ってしまっていた為《ため》、視線は所在無げに床を彷徨《さまよ》う。

「えぇ、それも存じてますよ、ミスター・アラン。そして貴方の、『本当の目的』についても」

小梅の声に、小さく目を見開くアラン。彼はほんの少しだけ体を硬直させるが、鉄の意志によってそれを自然に流した。しかしどうやら機械の目は誤魔化せなかったようで、アランは小梅の勝ち誇ったような顔を確認する事となった。

「くそっ、カマをかけやがったな……だから気に食わないんだ」

怒りというより、呆れた様子でアラン。小梅はアランの方へゆっくり向き直ると、深々と頭を下げた。

「とんだ失礼を致しました、ミスター・アラン。しかし謎《なぞ》があるというのは、お互い様という事です。残念ながら小梅の方の謎は、自分にもわからない事ではありますがね……私はいったい、何なんでしょうね？」

頭を上げ、首を傾《かし》げる小梅。

「ＡＩがアイデンティティーを語るかい……どうしてくれんだ。さっきより疑念が深まったじゃねえか」

その口調とは裏腹に、いくらか楽しげな表情のアラン。彼は小梅に背を向けると、廊下への出口へ向かって歩き出した。

「お前みたいなＡＩを他に知らんって事は、お前が唯一無二の存在であるって事でもあるさ。お前は間違いなくお前だろうよ。つまらん答えかもしれんが、きっとテイローもそう言うはずだ。それで納得しとけ」

アランから投げられた言葉に、小梅は頭を下げて見送る事で答えた。


〈4〉


「やっほー、ベラさーん。元気してました～？」

巡洋艦プラムⅡの艦橋にて、通信機へ向かって陽気な声を上げる太朗。それに返される、ベラの低い声。

『メールで何度も連絡を取ってるじゃあないか。私も博士も、無愛想な弟もみんな元気さね。向こうの様子はどうだったんだい？』

ベラの質問に、マールが横から答える。

「相変わらず中央は平和よ、物価の乱高下を除けばね。ところでベラ、もうそろそろ話してくれてもいいんじゃないの？　直接暗号通信だから、盗聴の心配は無いわ」

太朗達はベラから、安全な状況下で伝えたい事があるとの話を受けていた。そんなマールの言葉に『そいつを暗号化したのは？』とベラ。それに「もちろんテイローよ」とマールが返す。

『ふん。なら大丈夫だろうね。なぁに、誰《だれ》かが死にそうだとかワインドの群れが襲ってきたとか、そういった緊急を要する話ってわけじゃあないんだよ。ただ、あんたらなら気になるだろうと思ってね』

モニタ上のベラが、含みを持たせた口調で発する。それに太朗が「もったいぶるってすね！」と通信の暗号化を行いながら答える。

『ふふ、そういうわけじゃないんだけどね。話ってのは、例の惑星についてさ。じじいが……っと、悪いね。博士があんたらに調査して欲しいポイントってのをまとめ終えたらしいよ。過去の観測用放射線の反射がどうこうって言ってたけど、その辺は良くわからないね。直接聞いてくんな』

ベラから語られた内容に、「おぉ」と驚きの声を発する3人。今でもライジングサンの究極的な目標はあくまで地球の探索であり、会社の成長は目的の為の手段だった。銀河帝国成立についての権威であるアルジモフ博士からの依頼は最優先事項であり、歓迎すべきものだった。

そこへ「ただねぇ」とベラ。

『場所が場所なんで、あんたらに色々と準備してもらいたいってわけさ。あまり楽しい場所じゃあないだろうから、それなりに覚悟しとくんだね』

プラムの乗組員はアルファステーションの支部に到着すると、積んできた貨物を降ろすと共に、支部の様々な報告を確認した。ほとんどはアルファ星系付近の通信エリアに進入した際に通信として受け取っていた内容の再確認ではあるが、ベラとのやり取りの様に直接話さなければならない内容も存在した。

「旧ニューラルネットがどれだけ偉大だったかが良くわかるぜ」

旧ニューラルネットは、銀河の至る所に膨大な量の情報を自由に送る事が出来た。現在のニューラルネットは太朗の知るインターネットに近い物で、送れる情報の量に限度がある。例えば安全な暗号とされる元データの数億倍に膨らむ通信を行うとなると、間違いなく回線はパンクしてしまうだろう。

それに何より、通信として致命的に切実な問題があった。時差だ。

「まぁ、通信より先に私達が到着しちゃうようなのは、ちょっとね」

リレー方式で支えられた新ニューラルネットは、場所によっては情報の到着までに数日から数週間がかかる事がある。拠点から拠点までの区間は超光速通信によって情報は飛んでいくが、リレーする船やステーションのデータバンク内はあくまで光速に過ぎない。銀河は広く、光速はあまりにも遅かった。

「デルタ方面全土で、会社政府問わず、大規模な組織再編が進んでいるようです。中にはいち早くチップによる情報の高速輸送を始めた会社などもあるようですね。ちなみにそこは、株価がひと月で100倍以上に跳ね上がったようですよ」

「うへぇ、次の株式発行でいったいどれだけ現金かき集めるんだろうな？　うちも一部株式を公開すべきなんかなぁ……まぁいいや。それより準備は？」

管制室のふたりが、太朗の声に頷《うなず》き返す。やや遅れてベラやアランからも問題無いとの返答があり、続いて外部からの通信も送られてくる。

「こちらＤＤ01、準備出来てます」

「こちらＤＤ02、問題ありません」

プラムのやや後方に構える、２隻の駆逐艦。物価の値上がりによる相対的な現金価値の目減りが起こっている今、現金を腐らせておくのはもったいないと、デルタステーションを出立する直前に購入したものだ。良い実地訓練になるだろうと、それぞれの船に数十名の会社スタッフが乗り込んでいる。また、ベラの部下にあたるガンズアンドルールのマフィア達50名も、それらの船へと乗船していた。

「各員了解。ワープに備えて下さい。間違ってもどこかの誰かさんみたいに、飲み物を手にしたりしないように」

マールの澄ました声に、通信越しから聞こえて来る各艦長の忍び笑い。「マールたんひどい！」と顔を手で押さえる太朗。太朗は船外モニタが青い色を帯び始めた事に気付き、ワープの開始が近い事を知る。

「さて、そろそろか。博士にいいお土産を持って帰れるよう、頑張ろうぜ」

特別料金を支払う事で一時的に方向を変えてもらったスターゲイトが、より強い青色を発し始める。ベラからもたらされた今回の目的地は通常航路としては存在せず、時折例外的にしか行き先が指定されない程度にはレアな場所だった。

――ジャンプドライブ　起動――

光の矢が、どこまでもどこまでも伸びて行く。

アウタースペースと呼ばれる、銀河帝国の影響圏を外れた、遥《はる》か外の世界へ向けて。


〈5〉


「ねえ、テイロー。気付いてる？」

プラムの管制室にて、モニタを睨《にら》みつけているマールの声。太朗がそれに「おうさ」と応じる。

「前と後ろ。両方とも数万キロ先ってとこかな？　プラム程の美人になると、ストーカーの数も半端ないな」

プラムのセンサーが感知した、定期的に訪れる微弱な粒子の流れ。太朗やマールだけであれば間違いなく見逃していただろうノイズに紛れたそれだが、小梅の目をごまかす事は出来なかった。

「およそ7時間前から連続していますね、ミスター・テイロー。後方のそれは予想が付きますが、前方からのものはいったいどちら様でしょうかね？」

「う～ん、わかんねぇなぁ。ちょいと専門家にでも聞いてみますか」

太朗は小梅の発した疑問に首を傾げると、モニタを引き寄せて通信を繋《つな》ぐ。

「ベラさん、前後2ヶ所からスキャンの電波をキャッチしたんだけど、後方は多分帝国軍だと思うんだ。前方から来てるスキャンが何だか予想がついたりします？」

やや遅れて、通信機より返るベラの声。

『そうだねぇ。いくつか思いつかないでもないけど、どれも楽しい内容じゃあないね。可能なら妨害《ジャミング》してやんな。無警告で撃沈した所で、誰も困りゃしないさ』

ベラの答えに、自分がこれから向かう先はいったいどんな所なのかと、思わず苦笑いが漏れる太朗。

太朗は博士の調査ポイントがアウタースペースと呼ばれる領域に存在している事から、その地域についての事をベラ達から一応の説明は受けていた。しかし説明される内容はどれも曖昧《あいまい》で、簡潔に言えば『わからない』というひと言に集約されるのではと考えていた。

銀河帝国影響圏外。すなわちアウタースペースは、銀河帝国が正式にその領土と見做《みな》していない地域全般を指す。中央から遠く離れたそこでは、習慣も、風俗も、法律でさえも独自の文化を形成しているらしい。何が正しくて何が正しくないのかは、その地方や領域次第との事だった。

もちろん帝国中枢と何の繋がりも無いなどという事は無く、常識的な共通部分はかなり多いのだろうが、それを考えると正体不明の存在が自分達の近くにいるというのは、どう考えてもあまり気持ちの良い事ではなかった。

「とりあえず、スクランブラをかけてみようか。使った事ねぇけど、これってどういう仕組みなん？」

「単純ですよ、ミスター・テイロー。相手側から発せられた各種スキャン粒子や何かを、意図的に乱反射させてお返しするんです。上手《うま》く使えば相手を欺く事も出来るでしょう」

「ほ〜、つまるところあれか。ステルス機能みたいなもんやね？」

「肯定です、ミスター・テイロー。可視光線も攪乱《かくらん》されますので、使用すれば他《ほか》の船からはかなりぼやけた映像として映るはずです。専用のステルス発生装置もありますが、それもカテゴリ的にはスクランブラに分類されますね」

「ぼやけるって、なんか表現規制の対象になったみたいで嫌だな……っと、ちょっと待て。俺は今、もしかすると物凄《ものすご》い事を思い付いたんじゃないか？」

「ほぅ、何でしょう、ミスター・テイロー。ちなみにスクランブラを逆算する技術は、動画データのモザイクを外せるかどうかとは全く関係がありませんよ？」

「くそっ、神なんていないんだ!!」

シートから転がり落ちる様にして、床へと倒れ伏す太朗《たろう》。

「いや、何考えてんのよあんた……というか、あんた精神判定受けてたわよね？　E判定に満たなかったの？」

床に伏したままの太朗へ向け、汚い物を見るような視線を向けるマール。太朗は力なくその視線を受け止めると、「うん……Cだった……」と呟《つぶや》いた。C判定は13歳から16歳程度の成長度に適用されるものであり、閲覧できる各種映像やサービスに制限が設けられていた。

「C判定て……普通は出ないわよ。あんた、遊び半分に適当な回答したんでしょ。残念だけど、来年の再判定時期を待つしかないわね」

完全に図星である為《ため》、「うぐぐ」と唸《うな》り声を上げる太朗。

「だってよぉ、まさかあのテストがこんなにも日常生活に影響が出るなんて、予想つかねえって。俺、アイスマンなんだぜ？」

懇願するように、太朗。それに「私に言われても知らないわよ」とマール。「夜22時以降の外出には保護者が必要とか、どんだけだよ」と、太朗が虚《うつ》ろな表情で発した。

「でもまぁ、しょうがねぇわな……あぁ、小梅《こうめ》。前からの電波、適当にスクランブラっといて……後ろのはまぁ、どうでもいいだろ」

明らかにやる気の無い様子の太朗。マールはそんな太朗を横目で見ると、ひとつ溜息《ためいき》を吐《つ》いた。

「ねぇ、テイロー。この先はアウタースペースよ。何か忘れてるんじゃない？」

「ん～、あぁ、そうかもですね……魂的な何かを忘れちまった抜け殻ならここにいるぜ」

「あっちは無法地帯よ。向こうに着いたら好きにすればいいじゃない」

「…………うおぉお！　ミナギッテキたあ！」

素早く、ネックスプリングで起き上がる太朗。しかし失敗した上に、起き上がった拍子にシートへ衝突し、額から血を流す。

「ちょ、ちょっとあんた、だいじょ――」

「アンセンサード！　アンセンサード！」

太朗は鼻息荒くシートへ飛び乗ると、いつにない素早い動きでBISHOPを使い、スクランブラ用の関数を組み上げ始める。彼は初めて触る装置だというのに、あっという間にそれの攪乱関数を強固なものに組み替え始めた。

「……時々、あんたって人間がわからなくなるわ」

マールの呟きに、小梅が真顔で同意した。

宇宙を行くプラムⅡの遥か後方。徹底的な光学迷彩によって姿を消した10隻を擁する艦隊が、その高性能なセンサーを用いて静かにあたりを窺《うかが》っていた。注意深く偽装された微弱なパルスが周囲に放たれ、まさに電子制御の為だけに作られたアンテナだらけの1隻がそれの返りを受け取った。

「ディーン閣下、御報告したい事が」

振動が伝わる空気の存在しない宇宙において、物理的な音が相手に届く心配は無い。しかしそれでも重苦しい沈黙に包まれた司令室で、背骨に鉄の芯《しん》が通されたかのような姿勢の軍人が直立不動の姿勢で発した。

「なんだ、副長。まさか見失ったとでも言うんじゃないだろうな。そうだとしたら、私は君を整備班の下っ端にまわす必要があるだろう」

帝国軍分遣隊の提督であるディーンが、シートに深く腰を沈めたまま答える。その眉間《みけん》にはしわが刻まれ、目はレーダースクリーンをじっと見つめていた。

「いえ、対象の捕捉は継続しています。その点については問題無いのですが……」

簡潔、丁寧を身上とする軍人。その彼らしからぬ言い淀《よど》んだ姿に、ディーンはちらりと視線を上げた。軍人はディーンの視線を真《ま》っ直《す》ぐに受け止めると、わけがわからないといった様子で口を開く。

「こんな事は今までにありませんでした。提督、こちらの存在が向こうに暴露した可能性があります」

副官の報告に「はぁ？」と、およそ普段の彼からは考え難い声を上げるディーン。軍人は一瞬驚いたように眉《まゆ》を上げるが、すぐさまそれを戻した。

「今から5分と22秒前、対象がスキャンスクランブラを発動させました。別件で報告しました別艦隊に対するものかと推測しましたが、こちらからのスキャンも同時に攪乱されているようです。その結果……その……」

副官が視線を管制室の大型スクリーンへと向ける。すると高さ5メートル近くある巨大なスクリーンいっぱいに、アニメ調に描かれた非常にグラマーな水着姿の女性が映し出された。女性ははずれてしまった水着へと片手を伸ばしており、もう片方の手で自らのこぼれそうな胸を押さえていた。片手に収まりきらない乳房には、精神判定による閲覧制限で使われるモザイクが施されており、それは見る者を妙にいらだたせた。

「光学スキャンによる対象の船影が、あのような形で表示されています。可視光線に対するスクランブルを用いて描いているのだとは思いますが、いったい何をどうすればそんな事が可能になるのか、私にはわかりません。閣下は何か思い当たりますか？」

軍人の冷静な報告。ディーンはそれに「私にだってわかるものか！」といらだつと、机を一度強く叩《たた》いた。

「おぉぉ……これが向こうのスターゲイトか。帝国のと違って長細いんやね」

太朗がディスプレイに映し出された船外の映像に、感嘆の声を上げる。そこにあるのは帝国で広く使われている円筒形のスターゲイトと違い、四角く、長細い形をしたスターゲイト。カメラをズームさせると、およそ数キロに及ぶ巨大な装置の上に並ぶいくつもの艦船の姿が確認できた。

「かなり古いタイプのスターゲイトです、ミスター・テイロー。既に帝国では何百年も前に使われなくなった型ですね。あのように上へ並び、ワープします。船が一直線上に並ぶ必要があるので、帝国の円筒形であるそれに比べると著しく非効率でしょう」

「にゃるほどねぇ……ぶつからないように前後には並ばないってのは一緒なのか。だったら上下左右に居座れる円筒形の方がいいわな」

「でも、帝国の大拡張を支えた屋台骨でもあるわね。今の円筒形スターゲイトが開発されるまで、およそ１００年近くも使われ続けたのよ。信頼性で言えば抜群だわ」

遠目に見るとまるで1枚の鉄板のように見えなくもない、巨大な装置。太朗はここへ到着するまでに要した数日の旅路を思い返すと、当然浮かんでくる疑問を発する。

「んー、これさ。なんで帝国領のスターゲイトから直接ここに飛べないの？　前に聞いた話じゃスターゲイトは〝押して引っ張る〟わけだろ？」

太朗の質問に、小梅がにこりと答える。

「ミスター・テイロー。我々が数日に渡って通過してきた空間には、見えない線が存在すると考えればよろしいかと。帝国の影響が及ばない場所という事は、帝国の替わりとなる勢力が存在するという事です」

小梅の答えに、天井を見上げて考える太朗。

「見えない線、か……勢力ってのはいわゆるアウトローコープとかその辺だよな。つまりここから先は――」

適切な言葉を頭の中で検索し、捜し出す。

「外国みたいなものか」

太朗がぽつりとそう続けると、しばらく室内に不思議な沈黙が下りた。何かまずい事を言ったのだろうかと焦る太朗をよそに、マールが何やら不思議そうな表情で小梅へと顔を向ける。

「外国というのは、国家が複数個存在した場合に、自国以外の事を指す言葉ですよ、ミス・マール。銀河帝国で使用される事はほとんどありませんね。滅び行く言語です」

小梅の言葉に、マールは納得の表情を見せた。

「へぇ、あんた難しい言葉を知ってるのね。そうね、ガイコクみたいなものだわ。向こうは帝国の勢力がやってくるのを歓迎しない所も多いだろうし、気軽には来られないようにしてるんじゃないかしら」

そういえば銀河帝国は唯一の国家組織だったなと、マールの発言から思い出す太朗。太朗はもしかすると、外国という言葉が一般的で無くなったのは数千年も前の話なのかもしれないなと想像する。

『坊や、いま大丈夫かい？』

太朗が帝国の歴史についてを考えていた時、通信機よりベラの声が届けられる。続いて太朗のＢＩＳＨＯＰ上に見覚えの無い星間地図が表示され、それは青と赤とに塗り分けられていた。

『その地図をしっかり頭に入れとくんだよ、坊や。そいつの青いエリアはこのあたりの勢力が定めた中立地帯で、そこを移動してるうちは、まぁ、それなりに安全だろうさ。ただしそこを出るなら、それなりに警戒が必要だろうね』

ベラの言葉に、地図をまじまじと眺める太朗。そして「……まじっすか」といくらか絶望混じりの声が漏れる。

「真っ赤じゃん。赤い彗星《すいせい》もびっくりなくらいに真っ赤じゃん。せいぜいスターゲイトまわりしか青くないいんすけど」

太朗の声に、苦笑いを浮かべる一同。太朗はとんでもない所に来てしまったといういくらかの後悔と、若さのもたらす妙にわくわくとした気持ちとを、一言に集約して表す事にした。

「これは、あれだな。冒険って奴《やつ》だ」

〈6〉

アウタースペースに存在する、いくつもの民間――帝国政府が関与しない以上、民間しか存在しないのだが――ステーション。全《すべ》てが箱型モジュールの組み合わせで作られたそれは、帝国領に存在する計画的なものと違い、次々にモジュールを追加していったら結果的にそうなっただけという、場当たり的な雰囲気やデザインを感じさせた。統一性が無く、カオスであり、しかし活気というものを期待させる。

アルファ星系からアウタースペース側に見て、最も近くに存在するクレオ第4星系には、太陽に相当する恒星がふたつ存在し、星々は複雑な公転軌道を描いていた。その不安定な引力のひしめき合う空間に、クレオ連棟ステーションは浮かんでいた。

「……さっぱり売れねえな」

ステーションから伸びる細い桟橋。それに係留されたプラムⅡの談話室にて、ディスプレイを眺めながら太朗《たろう》がぼやいた。談話室には複数のテーブルやソファ。長椅子《ながいす》や絨毯《じゆうたん》といった船員がくつろぐ為《ため》の設備が備え付けられており、給湯設備や娯楽施設なども完備されていた。プラムには会議室に相当する部屋も設けられていたが、太朗達はそちらよりも談話室で様々な話し合いを持つ事の方が多かった。格式ばった会議が苦手だからであり、他《ほか》のクルーも同様だった。

「うーん、需要はあるはずなんだけど。高すぎるのかしら？」

太朗の隣でソファにくつろぐマールが、訝《いぶか》し気《げ》に発する。彼女が手にしているカップから立ち上る甘い紅茶の香りが、太朗の鼻腔《びこう》を優しくくすぐった。

二人が眺めているディスプレイに表示されているのは、ステーション内に出品した交易品リストの一覧。あらゆる物品の専門業者がいる帝国領と違い、日々の物流が安定していないここでは、こういった方法での商売が一般的らしい。ニューラルネットに作られた入札市場には、それこそ何千万種類もの商品が、これでもかと陳列されている。

「あ、自分で言っておいてなんだけど、それは無さそうね。今売れた商品なんて、私達が売ってるスタビライザーよりもひと昔前の型だわ。価格的にはそんなに変わらないはずなのに、何故《なぜ》かしら？」

少し頰《ほお》を膨らませ、小動物的なしぐさで首を傾《かし》げるマール。太朗達は博士から依頼された調査を行う傍ら、路銀稼ぎというわけでは無いが交易品の商売を行うつもりでいた。そして実際の売れ行きやら何やらから市場を調査し、商機がありそうなら食い込むつもりだった。

「うーん、たまたま特定の商品が欲しかったとか？　こっちの船は積める装置の型に指定があったりするんかな……さすがに時間的に厳しいから、今日売れないようだったら買取業者にまわしちまおうか」

太朗達が交易品として運んできたワープスタビライザーを入札に出してから、既に丸2日が経過していた。帝国領では企業に対する直接販売を行っていたし、アルファのような地方のステーションでさえ、こういったマーケットでは出品後数時間の内に買い手が付く事がほとんどだった。こうした長時間売れ残るという事態は、太朗達にとって初めての事だった。最後の手段である総合買取業者に売るという手もあったが、出来ればそれは避けたかった。どうしても安く買い叩かれてしまうからだ。

「やぁ、どうしたんだい、坊や達。そんなに暗い顔をして」

太朗とマールが頭を悩ましているそこへ、葉巻を咥《くわ》えたベラが涼しい顔で現れた。彼女は「失礼するよ」と太朗の向かいへと腰を下ろすと、続いてやってきた彼女の部下から飲み物の入ったグラスを受け取った。

「やあ、ベラさん。どうもこうも、この前出した商品がまったく捌《は》けなくて」

太朗は溜息《ためいき》と共に体を倒すと、ソファの上へぐったりと身を投げ出した。ベラはそんな太朗を呆《あき》れた顔で横目に見つつ、彼女の前にも設置されているモニタを起動した。

「商品は……ふむ。ワープスタビライザーか。いい商材だけど、これじゃあダメだね。売り方が悪いよ」

さも当然とばかりに言い捨てるベラ。その言葉に、はじかれたように起き上がる太朗。彼の「どういう事っすか!?」という大声に、ベラはうるさそうに顔をしかめた。

「広い銀河の中じゃあ、私らの名前なんてまだまだ無名もいい所だって事さ。特にこっちじゃあね。ここは帝国と違って安定してないから、連中は皆用心深く、他人を疑ってかかる。賭《か》けてもいいけど、顧客はこの商品がまっとうな品なのかどうかを測りかねてるのさ。おおかたここいらの法律じゃあ、盗品の売買を禁止してるって所じゃないかい」

葉巻に火をつけつつ、すらすらと答えるベラ。それになるほどと頷《うなず》く太朗と、すぐさま端末で何かを調べだすマール。しばらくするとマールが「本当だわ」と声を上げ、マーケットと関連する条例や法律のリストを画面に表示させた。

「なになに、盗品の売買は原則禁止とし、売り手は厳罰の上に、買い手にも経済的な処罰が存在、か。ひでぇなこれ」

盗品と知らずに買ってしまった人間の事を考えると、太朗は何やら気の毒な気持ちになった。彼は「しかしまぁ」と前置きをすると、肩を竦《すく》めながら続けた。

「こっちの人達《ひとたち》からすると、どこの馬の骨だか知らんコープが良くわからん最新の機材を売りに出してるってとこか。しかも下手すると罰せられるかもしれない可能性ありと……

そりゃ買わねぇわな」

「確かに言われてみればそうよね……それこそ場合によっては、帝国中枢からの盗品か何かかもって思われてるかもしれないわ。これ、買取の際の売買契約書を商品に付属させてみるのはどう？　信用になるんじゃないかしら？」

「おぉ、それでいこう。コピーでいいのかな？」

売り方が悪いのであれば変えれば良いと、やいのやいのと盛り上がる太朗とマール。するとそこへ、「やめときな」とベラ。

「脱税行為で捕まりたくないんなら、コピーを取るのは無しだよ。複製を作るんなら複製証明書を発行できる専門業者に頼むんだね。いくらか金はかかるけど、まっとうなチップの複製を作ってくれるよ。大抵のステーションには行政お墨付きのがあるはずだ」

政府や行政を表すのだろう、人差し指を上へ向けて語るベラ。

「うえ、まじっすか。んじゃその方向でいきまっしょう。つーか、ベラさんいてくれてマジ助かったっす。やっぱ土壌を知るってのは大事だなぁ……」

反省の顔色で、太朗。ベラはそれに「あたいらにアルファ星系まわりの現地調査を任せたのは誰《だれ》だったたっけ？」とからかうような口調で返すと、太朗は顔を赤くして下を向く事しか出来なかった。

その後太朗はベラに言われた通り、チップの複製専門会社へと足を運び、商品説明に売買契約書を添付する旨を表記した。するとあれよあれよという間に大量の質問メールや問い合わせが殺到し、商品は入札サイトの更新後のわずか数分のうちには全てが入札される事となった。

それも、太朗達が予想していたよりもはるかに高い値段で。

「クレオ星系ってのは、いわゆるあれだな。宿場町的な感じのトコだな」

クレオ第1ステーションに借りた宿泊施設付きのオフィスにて、太朗がソファにもたれたままディスプレイはめ込み式の窓を眺めて言った。ホログラフ表示が可能なディスプレイは牧歌的な草原を映し出しており、太朗はそれに何か懐かしさを感じていた。時折空を飛ぶ見慣れない生き物が存在している点を除けば、確かにそれは地球の風景とそっくりだった。

「仰《おつしや》りたいのは、交易中継ステーションの事かしら？　まさしくその通りだと思いますわよ。アルファ星系から奥の、いわゆるアルファ方面宙域と帝国中枢を結ぶ大道路のひとつみたいですわ」

太朗の向かいに座るライザが、手にしたイル茶と呼ばれる独特な匂《にお》いを発する飲み物を嗅《か》ぎながら言った。太朗の元にもイル茶の芳香が漂い、彼は今度飲んでみる事にしようと心に留めた。

「他にもテル星系やモンテグラ星系等がありますが、現状がどうなっているかは不明ですわね。いくらアウタースペースといえども、これだけ帝国に近い位置ですと旧ニューラルネットに依存してたはずですもの」

ソファに浅く座ったライザは姿勢が良く、きっと育ちが良いのだろうと太朗は予想した。兄であるディーンも立ち振る舞いは洗練されており、軍人だからだろう攻撃的な仕草が多い点を除けば、ふたりは顔立ちも含めて良く似ていた。

「という事は、売るとしたら中央と同じく生活必需品と武装かな？」

「どうかしら。武装は賛成ですけど、生活物資は止《や》めておいた方が良いと思いますわ。ネットワーク崩壊からまだ大した時間は経《た》ってませんけど、必ず何かしらの対処はしてるはずですもの」

「あー、まぁ生活『必需』品ってくらいだもんなぁ……こっちだと、あれか。中央に比べてインフラが貧弱だから、いざって時の備えがあってもおかしくねえわな」

「あら、思ったより頭の回転がよろしいのね。意外ですわ」

「そういうのは思ってても口には出さないようにしようね！」

澄ました顔で毒を吐くライザに、指を突きつけて突っ込みを入れる太朗。

その後も太朗はライザとあれやこれやと話を進める事で、帝国中央寄りのアウタースペースにおける販路獲得についての考えを進めた。ライジングサン単体の頃《ころ》では難しかった様々な物品も、ライザのスピードキャリアーとユニオンを組んだ今なら現実的な選択肢として考える事が出来た。

「ちなみにポルノは外せないぜ。ウチの主力商品なんだから」

「はいはい、わかってますわ。それにしても、あれだけの大きな事件があったのにポルノ関連商品の売り上げが変わらずってのが納得できませんわ。世の殿方達はもっと他に考える事があるのではなくて？」

「女性用のも一杯積んでるし、おんなじくらい売れてるからね!?」

結局太朗達は今までメインで取り扱ってきた品目をベースに、いくつかの挑戦的な商品を販売してみる事に決めた。恐らく中央からの輸入が減っているだろう事を見越し、端末等の精密機械や空のデータチップを中央での買い取り予定表に書き込んだ。

「復路に空手は寂しいよな。なんか見繕っとこうぜ」

品物を売れば、当然カーゴは空になる。であれば、商売人としてそれを埋める必要があった。

「でしたら、重レアメタルはどうかしら。利幅は少ないですけれど、需要はほぼ無限大ですわ。数を運べば良いだけですし」

「重レアメタルってーと、いつかマールが言ってたレイザーメタルの原料や何かだっけ。アウタースペースから帝国側に持ち込まれてる品目って、他にどんなんがあるん？」

「基本的に基礎資源の多くは外から持ち込まれる物が多いですわね。鉄や何かのコモンメタルは中央でも十分に生産できますけど、レアメタルは掘りつくされて久しいですわ」

「加工貿易って奴《やつ》か……中央じゃあ、資源は全く採れねぇの？」

「まさか。単に需要に追いつかなくなっただけですわ。やろうと思えば中央だけでも完結できるはずですけれど、そうなるとコスト度外視になりますわね」

「あー、そりゃ掘らねぇわな。でもそうなっと、資源価格の高騰が続けばペイできるようになっかもしれねぇって事でもあるよな………うーん、資源関係はやめとくか。今だけの小遣い稼ぎならともかく、先まで続くかどうかわかんねぇのはもったいないし」

「あら、そう。でしたら………テイローさん、ちょっといいかしら」

何かを思いついた様子のライザがおもむろに立ち上がり、太朗の手をやさしくとった。慣れない女性との接触に「へっ？」と妙な声を上げる太朗。太朗はそのままオフィスの向こうへと、ライザに引かれるままに歩き出した。

「や、こっち個人部屋の方っすよね。何？　え？　何？」

宿泊施設付きオフィスの、宿泊施設に該当する部分。ライジングサンスタッフ各々《おのおの》の部屋が並ぶ廊下を進むと、やがて目的地に到達したらしい。ライザは扉の前へ立つと、手をかざす事でその鍵《かぎ》を開けた。

「どうぞ入ってらして。何も無い部屋ですけど」

太朗《たろう》はライザに続いて部屋に入ると、その言葉が謙遜《けんそん》でしかない事をすぐに理解した。たかだか数日を過ごすだけの場所であるのに、部屋には既に様々な木製調度品が置かれている。どれも手の込んだ彫刻が成されており、それらが総額でいったい幾らするのか太朗には全く見当がつかなかった。地球でさえ木製の高級家具はかなりの値段がしていたというのに、自然物が貴重品扱いされる銀河帝国においてそれがどうなるかは考えるまでもなかった。

「どれも貰《もら》い物《もの》ですわ。給金を不当な割合にしたりはしてなくてよ」

驚愕《きようがく》する太朗の表情を読み違えたのだろうか、言い訳するようにライザが言った。太朗がそれに急に何の話だとまごついていると、ライザが「こちらよ」とさらに太朗の手を引いていく。

「いやいや。ま、まじで何すかね。俺のトコと部屋の造りが同じだとすると、この先には寝室とシャワールームしか無いんですけど。え？　嘘《うそ》？　何？　そういう事？」

太朗は寝心地の良さそうな木製ベッドの横を通過すると、ライザと共にシャワールームへと入っていく。良くは見えなかったがベッドの上には脱ぎ捨てられた下着か何かが放られており、太朗は眼球をサイボーグ化しておかなかった自分を心の中で叱咤《しつた》した。

「…………い、いや。きっとふわふわしたスカートか何かだろ。そうに違いない」

「あら、失礼。下着を出しっ放しでしたわ」

「はい！　言質頂きました！　下着でした！っていうかチラチラ見てたのバレてた！」

「あれだけ露骨に視線を泳がせてれば誰でもわかりますわよ……それよりこっちですわ」

ライザは太朗の手を引きながらシャワールームへ入ると、扉を開けた時と同様にシャワーヘッドへと手を翳《かざ》した。するとＢＩＳＨＯＰ連動されているシャワー装置は、地球にあったそれと同様に細かい水の筋を吐き出し始めた。

「あー、なんつーか、ライザさ。俺達って、ほら。こういう関係になるのはまだちょっぴり早いっていうか。あ、いや。ライザが嫌だとかそういう話じゃなくてよ？　ほら、こう、心の準備的なアレがノットスタンバイでトゥギャザーするにはアーリーでさ」

「そう、そこですわ。どう考えても早すぎますの」

「だ、だよねー。どう考えてもちょっと早いよねー」

「給湯がすぐに終わってしまいますの。宿泊説明には10分間の連続使用が保証されてるはずなのに、実際には5分も持てば良い方。おかしいと思いません？」

「ご、5分はさすがにちょっと早いっすよね。いや、俺も経験は無いけど、多分10分くらいならいけるんじゃないかなーって。あ、でも最初はすぐ出ちゃうとかも聞くな……あーいやいや、男テイロー、頑張らせて頂き…………はい？　給湯？」

頭に疑問符を浮かべ、シャワーヘッドを見やる太朗。湯は引き続き吐き出され続けており、白い湯気をゆるやかに浮かべていた。

「えぇ、給湯ですわ。しばらくお待ちになって」

「あ、はい。5分、でしたっけ」

「…………」

「…………」

「………………」

「…………あ、ほんとだ」

妙な空気の5分間を過ぎた頃、不意に水の勢いが衰え始め、やがて止まってしまった。太朗は試しにBISHOPを用いてバスルーム関連関数をひと通り操作してみたが、やはり水だけは止まってしまったままだった。

「うーん、なんだろ。給水タンクは共通だろうし、水量が無いって事はねぇよな。つーか、水が足りないんなら市場に反映されてるはずだし、場合によっちゃステーションに入ったらすぐに節水要請が出てるはずだよな」

「テイローさんもそう思いまして？」

「まぁ、普通に考えれば。配管の異常とかだったらすぐに直せるし、システム的な異常ってのは無いだろ。BISHOPですぐ組みなおせば良いんだから」

「えぇ、そうかもですわ。でも、そうなりますと？」

「…………リサイクルシステムか。排水循環処理がうまくいってねぇんだ。理由は、あれだ。ニューラルネット崩壊で航路が限定されたからだ。人が急に増えすぎたんだな？　そうなっと、ステーション設備関係の備品を中央から…………って、あれ？　これじゃ復路の空手とは関係なくね？」

問題は帝国中央側へ持っていく何かを考える事だったはずだと、首を捻《ひね》る太朗。そんな太朗へ、ライザが細い指を左右へ振ってみせる。

「テイローさん、水は貴重品でしてよ？　たとえ汚れていたとしても」

「いや、そりゃわかってるけど…………え？　まじで？　下水を運ぶん？」

「衛生問題については危険物運搬のノウハウがありますし、大丈夫ですわ。それに何より、仕入れ値はただ同然でしてよ。何か問題がありまして？」

「問題…………いや、無いけど。無いけどなんか、なぁ？」

誰へともなく同意を求めるように、情けない声の太朗。

「人が嫌がる事をやるというのは、商売の基本でしてよ？」

止《とど》めのひと言。ぐうの音も出ない太朗は、苦笑と共に親指を立てる事で答えた。

「んじゃまあ、その方向で行こうか。明日あたりステーション管理局に問い合わあああっちぃいいいあああ！」

排水処理のキャパシティに余裕が出来たのだろうか、再び湯を排出し始めたシャワーヘッド。太朗に熱湯とまではいかないが熱い湯がかかり、悶絶《もんぜつ》する。

「あら、御免あそばせ。温度設定が随分高い値になってましたわ。ほら、テイローさん。脱がないと火傷《やけど》になってしまいますわ」

何やらわざとらしく眉《まゆ》を上げて語るライザ。太朗はライザの口元に妙な笑みが見えたような気がしたが、お湯を吸った服が熱いのは確かだったので、気にせず素直に脱ぐ事にした。

「なんでこんな高温になってるんよ………あぁ、いや、大丈夫だから。自分で脱げますから。ちょっ、ライザさん？」

シャツを脱ぐ太朗を、何故《なぜ》か手伝ってくるライザ。太朗は気恥ずかしくてそれを避けようとしたが、ライザは強引にでも脱がすつもりのようだった。

「大丈夫だから……って、うおっ!?」

目の前の光景に、思わず顔を明後日の方向へと背ける太朗。もみ合っている内に太朗の服についていた水分が移ったのだろう、ライザのシャツが濡《ぬ》れており、何かがうっすらと透けて見えていた。

「ねぇライザー、いるのー？　インターフォンがオフになってるんで勝手に入らせてもらったわよー？」

良く聞き慣れた声。太朗がはっと顔を上げると、そこには恐らくライザの姿を捜していたのだろう、きょろきょろと周囲を窺《うかが》う仕草のマールの姿が。

「あら、失礼をばミス・マール。お呼びしたのを忘れてましたわ。少しばかり取り込み中でしたので」

浴室から外へ出て、手をひらひらとさせるライザ。その手には剝《は》ぎ取った太朗のシャツが握られている。

「いや、人の事呼びつけておいてそれはどうなのよ………って、何であんたがココにいるのよ」

太朗の姿を見つけたマールが、胡散臭《うさんくさ》いものを見るような目で睨《にら》みつけてくる。彼女は半裸となった太朗の格好に気付いたようで、一瞬驚いた様子を見せたが、その後何かに納得したようにライザの手元と太朗の体とを視線が行き来した。

そしてかつてないまでに嫌な予感のする太朗。

「ふーん………あっそう。取り込み中って、そういう事。ふーん」

「ああいや、マールさん、これは違くてですね――」

「べ、つ、に、好きにすればいいと思うわ。私がとやかく言う問題でも無いし」

聞く耳をもたないとばかりに、太朗の声に被《かぶ》せるマール。細目でつんとあごを上げた彼女は、くだらないといった様子で出口の方へと歩き始めた。

「ちょっ、待って、マールたん違うんだって」

誤解されてはたまらないと、着の身着のままで彼女の後を追う太朗。

「ほら、テイローさん。早く続きを楽しみましょうよ」

「ラ、ライザさん、余計な事言わんといてくれませんかね!?」

「続きでも何でもやればいいじゃない。必要な品は会社の倉庫にいくらでもあるしね」

「明るい家族計画!?」

結局太朗は半裸のままマールに申し開きをするという姿を多数の社員に見られ、ライザ、及びマールとの複雑な三角関係を構築しているのではというゴシップを、社員一同に提供する破目となった。


〈7〉


クレオ星系での交易計画を立てたプラム一行はその後、アルジモフ博士の示した最初の目的地であるポイント01へ向かって移動を開始した。いくつかのスターゲイトをくぐり、数え切れない程のオーバードライブを使用し、プラムのクアドロパルスエンジンは休み無く働き続けた。

道中にさしたる危険はなかったが、帝国領に比べてかなり船がまばらなアウタースペースでの移動に、太朗は今までにない孤独と不安感を感じていた。移動中に他《ほか》の船と『すれ違う』というレベルで接近する事は、ほとんどスターゲイトまわりに限定されていた。他はほとんどが孤独と称して良いレベルであり、時折自分が本当に正しい航路を進んでいるのか不安になる程だった。

彼はゴーストシップで小梅《こうめ》と共に過ごした孤独な半年間にトラウマを負ってはいたが、今回の件はそれが原因だとは思わなかった。それよりも、帝国の庇護《ひご》からはずれているという事実の方が、恐らく自分を不安にさせているのだろうと彼は分析した。

「強烈な放任主義の親父《おやじ》だろうと、やっぱり父親には違いねぇって事か」

銀河帝国は自己責任を最高憲法に謳《うた》っており、制定されている法は極僅かな物だったが、それらの法に関しては徹底的に厳格だった。ワインドの存在を除けば少なくとも理不尽に害を成されるような心配は無く、それは無意識のうちに自分を安心させていたのだと理解した。

「やあ、社長。いらっしゃい。プラムに比べれば居心地はいまいちでしょうが、代わりに悪くない酒を用意してありますよ」

「お、まじっすか。そんじゃ頂いちゃおうかな」

太朗は寂しさや不安を紛らわせるべく、出来るだけ他の乗組員と交流を持つようにした。そしてそれは、同じように不安を感じていたのだろう船員達に歓迎された。

「さぁ、そこでダイスを振る。ファンブル？　うは、残念。君のキャラクターは穴へ落ち、6点のダメージ」

太朗《たろう》は既に時代遅れすぎて誰《だれ》もやらなくなったような遊びや、その場で思いついたゲームや暇つぶしのアイデアを、次々と船の仲間達と分かち合った。彼は自らを「一人遊びの天才」と自虐的に称したが、それは娯楽に飢える宇宙船乗り達にとって、尊敬される能力だった。

アルファ星系を出立してから、既に半月。帝国の影響からはずれた地を進む彼は、そうして孤独や暇を紛らわせていた。

「厳しいけど、頼りになるお父さんってとこだな」

ポイント01とされた目標地点近く。放棄された廃ステーションをモニタで眺めながら太朗。それに「何の話？」とマール。

「ん、銀河帝国の事。放任主義だったり強権的だったりとあんまいい話を聞かないけど、やっぱ大事な存在なんだなって」

太朗の呟《つぶや》きに「そりゃそうよ」とマール。

「何をするにも、まずは土台がなきゃ始まらないわ。精神的にだったり、物理的にだったり、それこそ様々だけど。帝国はそういった土台になってるんじゃないかしら。もし帝国が無くなったら、なんて冗談でも想像したくない事態だわ」

マールの答えに「だよなぁ」と同意する太朗。彼は船の姿勢を少し傾けると、ステーションからはずれたと思われるモジュールブロックの残骸《ざんがい》から船を離した。

「混乱、どころじゃ収まらないよな。商売なんてやってられないだろうし、戦争だって起こってもおかしくないか。よくよく考えた事なんて無かったけど、やっぱ国家って大事なんだな」

彼の祖国である、地球は日本を思い浮かべる太朗。彼は家族や親しい友人の顔を思い出そうと努力したが、何人かの顔は思い出す事が出来なかった。間違いなく存在すると確信してはいるが、その姿はぼやけた影としてしか彼の脳裏には現れなかった。

「ポルノのモザイクより、こっちのもやもやをなんとかしてぇな」

ぼそりと呟く太朗。マールが「なぁに？」と聞き返してきたが、彼は「ちょっとね」と手を振る事で濁した。

「博士の言ってたポイント01ってのは、これの事かな？」

廃ステーションの傍《そば》となる現在地より、前方に数千キロを進んだ先。元々は星系観測用ステーションとして使われていた、小型の建造物。プラムのセンサーが捉えた微弱なビーコンが、レーダースクリーン上に光点として表示された。

――シールド防御　出力2．2％――

ふいに太朗のBISHOP上に浮かぶ、警告色《アラート》の表示。彼は驚いて飛び上がると、慌ててシートへと身を沈めた。

「シールド？　なんで？　敵？　でかいデブリ？　何？　何が起こった？」

慌てふためく太朗。そんな太朗に、冷静な小梅が答える。

「不明です、ミスター・テイロー。ですが、デブリではありません。恐らくビームかとは思いますが、かなり拡散していたようです。船体に異常はありません」

小梅の報告に、ほっと胸を撫《な》で下ろす太朗。

「拡散してたって事は、有効射程外からの流れ弾かなんかか……いや、流れ弾て、どんだけの確率よそれ」

「銀河帝国統計局によると、毎年少なくとも数十件程度しか起こらない事だそうですよ、ミスター・テイロー。いやぁ、実に貴重な体験をしましたね」

「いや、なんでそんなに満足気なのか意味がわかんねぇよ……ちなみにスキャンは？」

太朗の声に「やってるわよ」と自らの席に座るマール。

「指向性をかけたから、相当遠くまで見れるはず……いたわ。スクリーンに出すわね」

マールはそう言って、大型ディスプレイに表示されたレーダースクリーンを仰ぎ見た。すぐさま画面上の縮尺が大幅に縮まり、より広範囲の表示へと切り替わる。するとプラムの右手前方の遠くに、いくつかの黄色い光点が現れた。

「全部で……22隻か。結構な船団だな。こんなとこで何やってんだ?」

太朗は当然の疑問として発したが、答えが返って来るとも思っていなかった。彼は「どうするの?」というマールの質問に、「様子を見るしかないだろな」と眉を顰《ひそ》めながら答えた。


〈8〉


虚空に浮かぶ、廃棄された宙域観測用宇宙ステーション。直径僅か100メートル程の小さな宇宙ステーションは、その役割を終えた今でも宇宙の観測を続けていた。厳密に言うと数百年も昔に機能を停止したのだが、再びアルジモフ博士が個人的な研究の為《ため》に蘇《よみがえ》らせたのだ。

『こちらロックボーイ。データチップを回収したわ。そっちに戻るわね』

プラムの引き連れた2隻の駆逐艦の内、その片方に搭載して運んできた作業船ロックボーイ。先程まで宇宙ステーションに取り付いて作業をしていたその中から、マールが事も無げに発した。

「了解。出来るだけ急いでくれると嬉《うれ》しいやね。相変わらずこっちに来てるわ」

レーダースクリーンを凝視したまま、少し震えた声で太朗。彼の見つめるスクリーン上には、刻一刻と彼らへ近付いて来ている18の不気味な光点が表示されていた。

マールがチップの回収作業を始めてから、既に2時間が経過していた。当初はすぐに終了すると思われていた回収作業だったが、実際はそうはならなかった。観測機器がかなり古い型であった事と、老朽化によるパネルの硬化等が回収作業を大きく妨げていた。データボックスは開かず、肝心のチップはなかなか抜けず、重要部品の取り外された抜きっぱなしの危険な高電圧配線がぶらぶらとそこら中をさまよっていた。それでも無事にチップの回収が完遂出来たのは、マールの熟練した機械操作技術の賜物《たまもの》だった。

『そっちはどうなってるの？　まだ向かってきてる？』

再びマールからの通信。それに小梅が「えぇ」と続けた。

「対象は継続してこちらへ進路をとっていますね、ミス・マール。高エネルギー反応も連続しています。４隻程が途中で脱落したようで、しばらく前に活動を停止しました」

抑揚の無い、いつもの小梅。返されるマールのうなり声。太朗はディスプレイの表示を船の出入り口付近のものに切り替えると、開け放たれたプラムのドックへ入っていくマールの小さな姿を確認した。彼女は宇宙服のみで船外を移動しており、自動操縦化したのだろうロックボーイは搭載されていた駆逐艦ＤＤ02の方へと移動を開始していた。

「ミスター・テイロー。招待不明の船団から識別信号《コールサイン》が送られてきました。驚いた事に、警告信号も含まれておりますね」

小梅の声に、はっと顔を上げる太朗。

「いやいや、警告？　何でよ。俺ら何もしてねえぞ？」

「ええ、もちろんそれは存じてますよ、ミスター・テイロー。しかしながら向こうにはそれを行うだけの理由があるという事でしょう。宙域の観測データに一般的な価値があるとは思えませんし、なんでしょうかね。観測マニアか何かでしょうか？」

「観測マニアて……あまりにもマニアック過ぎるし、絶対ねぇってわかってて言ってるだろ。うーん、しかしどうすっかな。念の為、戦闘態勢についとこうか」

太朗は万が一にと、2隻の駆逐艦に対して警戒態勢をとるように指示を出した。駆逐艦は太朗の指示に素早く反応し、プラムの左右へ陣取るように移動を始める。太朗は駆逐艦のタレットベイがゆっくりと開いていくのを外部モニタで確認する事が出来た。

「プラムⅡから各員へ。指示があるまで絶対に攻撃はしない事。それに類する行動も禁止します。ジャミングとかね。基本的には逃げに徹しよう。オーバードライブ装置をあっためといて」

『こちらＤＤ01、了解』

『こちらＤＤ02、了解。それとロックボーイを回収しました。いつでも移動可能です』

太朗は両船からの報告に了解の応答を返すと、すぐさまオーバードライブ装置の起動を開始した。こちらへ近づいてきている船団が何をしているのか気になる所ではあるが、危険を冒してまで知りたいとは思わなかった。

――オーバードライブ　起動――

既に暖めておいたオーバードライブ装置が素早く反応し、プラムと2隻の駆逐艦は全く同時に、そして同じ場所へと向けてワープを開始した。これは一般的にかなりの技術を要する芸当だったが、太朗の脳内に上書《オーバーライド》きされた艦隊指揮の知識がそれを容易に行わせてくれた。

――オーバードライブ　終了――

光の矢と化した3隻が再び元の大きさへと戻り、薄青い残光を残しながら停止する。太朗は到着するや否や、すぐさま小梅に周囲のスキャンと船体のチェックを指示した。

「システムオールグリーンです、ミスター・テイロー。周囲に不明瞭《ふめいりよう》な浮遊物は存在しません。エネルギー反応も無し。放射線量も標準値です」

「了解。とりあえず何事も無くて良かったわ…………そんじゃ進路、及び隊形そのまま。およそ1時間程を通常巡航」

太朗は周囲の安全を確かめると、プラムのエンジンを8割で開いた。質量の軽い駆逐艦の方が時間あたりの加速が速い為、他2隻はプラムの速度に合わせる形となる。

「小梅、目標地点の粒子濃度はどう？　ジャンプに耐えられそう？」

太朗の声に「少々お待ちを」と小梅《こうめ》。

「十分過ぎる程存在しているようですよ、ミスター・テイロー。1時間と言わず、恐らく30分もすればジャンプ可能になると思われます」

小梅の返答に「おし」と小さく頷《うなず》く太朗。

銀河帝国中央の一般的な領域と違い、アウタースペースにはオーバードライブに必要な粒子の数が極端に少なかった。太朗は科学者になりたいわけでは無いので詳しい理由は知らなかったが、どうやらブラックホールからの距離が離れる程粒子の密度は薄くなるという事らしい。銀河帝国に存在するドライブ粒子の8割は、銀河の中央に存在するブラックホールが供給しているといつか小梅が語っていた。

「考えてみりゃあ、当たり前だよな。全部ワープで移動できんなら、普通のエンジンいらねぇもん」

アウタースペースで初めて通常巡航による移動が必要となった際の、太朗の感想。粒子は特殊な装置を使う事で人工的に発生させる事が可能な為、そう遠くない未来にはこのあたりも自由にジャンプできるようになるのだろうと太朗は想像した。

「はぁ……ただいま。久々に繊細な作業をしたんで、正直疲れたわ」

太朗が各種船体情報のチェックをしていると、マールがぐったりとした表情で管制室へとやってきた。彼女は倒れこむように自らのシートへと収まると、大きくひと息をついた。

「お疲れ様。やたらと時間かかってたみたいだけど、なんか問題でもあったん?」

　基本的な問題や報告は既に通信で受けてはいたものの、それにしてもと太朗《たろう》。それに対し、疲れた様子でかぶりを振るマール。

「問題ってわけじゃないんだけど、観測装置の内部構造が博士からもらった情報と結構違ってたのよ。モジュール内部が妙に階層化されてたし、チップの格納された小型コンテナが無理矢理奥に押し込まれてたのよ。博士ってやっぱりズボラなのかしら?」

　マールはそう答えると、「ちょっと寝ていい?」とシートを倒し始めた。太朗は彼女に親指を立てる事で答えると、船内スピーカへと繋《つな》がっていた通信出力を通信機側への出力へと切り替えた。

「とりあえず、これでひとつ目か。残り3つも順調に見つかるといいなぁ………俺も少し寝るか」

　プラムⅡには睡眠を必要としない優秀な搭乗員がおり、太朗は彼女に絶対の信頼を置いている。また、ここしばらく無かった緊張の時間が過ぎ去った事により、太朗は少し疲労を感じていた。

　そして太朗がシートの上でうとうととし始めた頃《ころ》、それは突然訪れた。

「ミスター・テイロー。オーバードライブの空間予約が入っております。拒否でよろしいですね?」

凛《りん》とした小梅の声。驚いた太朗は慌てて体を起こすと、意識を覚醒《かくせい》させるべく強めに頭を振った。

「空間予約って言ったよな。誰《だれ》かがこのあたりにジャンプしようとしてるって事？」

「肯定です、ミスター・テイロー。座標元は先ほど我々がいた地点ですね。断定は出来ませんが、恐らく先ほどの艦隊かと。ジャンプ先を特定されたのでしょう」

「なるほど……って、さっきの？　おいおい、まじでなんだってんだよ。今んとここっちに知り合いはいねぇぞ？」

「まるで向こうにはいるみたいな言い方ですね、ミスター・テイロー」

「なんで俺ぼっちみたいな扱いされてんの!?」

太朗は小梅の軽口にそう返しながらも、ＢＩＳＨＯＰに表示された空間予約に対して拒否の信号を発する。すぐさまプラムに搭載された反ドライブ粒子が周囲に散布され、周囲に対するワープが遮断された。この反ドライブ粒子散布装置は至近距離へのワープによる衝突等の危険を防止する為、遮断強度の差はあれどほぼ全《すべ》ての船に標準で積まれていた。

「……よし、大丈夫っぽいな。しかしなんだってんだ？　ストーカーにしてもしつこすぎんだろ」

どうやら例の船団は、プラムの散布した反ドライブ粒子を無視出来るだけの強力なワープ装置を積んでいなかったらしい。とりあえずワープの遮断には成功したようだと太朗は安堵《あんど》する。

「ミスター・テイロー。後方遠距離に活性化したドライブ粒子を検出。これはいよいよ、間違いなく我々へのストーキングのようですね」

小梅の報告に、太朗は「うげげ」と露骨に嫌な顔を返す。彼はマールの通信機にアクセスすると、大音量で「まぁるたぁん、かわぁうぃうぃ〜」と声を上げた。

「うひぃっ!? 何? 何なの!?」

耳を押さえながら、シートの上で飛び上がるマール。

「悪ぃなマール。あんま楽しく無さそうな事態になってきたぜ。さっきの連中、しつこく追ってきてんだ」

実際の船の方向とは関係ないが、自分の後ろへ親指を向ける太朗。そんな太朗に「普通に起こしなさいよ！」とわめきつつも、素早くディスプレイを確認するマール。

「随分遠いわね。ドライブを拒否したの？」

「肯定です、ミス・マール。通信による連絡ひとつ無しに空間予約を飛ばすなど、理由はふたつしかありません。通信機の故障か、こちらへ害意を持っているかです」

「18隻全部の通信機が故障してるって確率は、まぁ計算する必要もねぇだろうな。詳細スキャン、届く？」

太朗はマールの方へ顔を向けてそう質問するが、そういい終える前にスキャン結果がディスプレイへと表示された。既にマールが実行していたらしい。

「フリゲート12に、駆逐艦6ね。こちらの識別信号には応答なし。テイロー、これは、〝敵〟よ」

マールの声に「そっか」と防衛準備を整える太朗だったが、しばらくしてその動きがぴたりと止まる。頭の中の考えが、ある点に思い至ったからだ。

「……敵……敵って、これ………人間、なんだよな？」

前を見つめたまま、誰へともなく呆然《ぼうぜん》と呟《つぶや》く太朗。その声へマールが顔を向けてくる。

「そうね……乗ってるのは、人間よ」

低いトーンの声。太朗が彼女の方へ視線を向けると、ふたりの目が合った。

「…………………」

「…………………」

しばし過ぎる、無言の時間。太朗は視線を下げると、諦《あきら》めたようにひとつ溜息《ためいき》を吐《つ》いた。

「まぁ、これもわかってた事だぁな……」

太朗はレーダースクリーンへと顔を向けると、こちらへ接近中の船団を示す光点をにらみ付けた。彼は人を殺す事になるかもしれないという事態に吐き気がしたが、想像していた程に酷《ひど》い感情にはならなかった。それはオーバーライドされた軍の士官教育の成せる業なのかもしれないが、実際の所はわからなかった。

しかし人を殺してはいけないという当たり前の感情よりも、ずっと優先すべきものがある事を彼は知っていた。

「……大丈夫？」

気付かぬうちに、マールの方へと向けていた視線。それに気付いたらしいマールが、太朗を気遣うように発した。太朗は「なんでもないよ」とかぶりを振ると、戦闘用に格納された無数の関数群をBISHOP上へと展開させた。

「1発でも発射してみやがれ。後悔させてやる」


〈9〉


「いったいどこのどいつだ。ベンズの所か？　それともハンスのクソッタレか？」

この星系界隈《かいわい》において最大規模の勢力を誇るアウトローコープ、ホワイトディンゴ。その代表取締役であるディング・ザ・ディンゴは、レーダースクリーンに現れた3つの光点に驚きの声を上げた。彼の大柄な体の中には腸《はらわた》が煮え繰り返らんばかりに渦巻く怒りが存在したが、今はそれよりも驚きの方が大きかった。

「おいディンゴ、話が違うじゃねぇか。あの3隻は何だ。どうなってんだ？」

ディンゴの隣には、レーダースクリーンを覗《のぞ》き込むようにして苛立《いらだ》たしげに机をコツコ

ツと叩《たた》くひとりの男。ディンゴはその鋭い視線をちらりと男へ向けると「知るか！」と吐き捨てた。

ディンゴはこの重要な取引を行うにおいて、ホワイトディンゴの代表としてわざわざ指定された取引場所へと足を運んでいた。これは普段であれば考えられない事で、大抵の場合は彼の無数にいる部下の誰かを向かわせるものだった。

わざわざそうする事になった理由は、取引先が比較的大きな企業であり、長い間ホワイトディンゴとライバル関係にあった組織である事にあった。今回の取引を手始めに、今後は過去の件を忘れて手を組んでいこうという流れになるはずだった。

しかしその取引も、商品の横取りという有り得ない事態によってご破算になろうとしていた。

「この件についてはだ、お前さんよ。俺は、一切を、誰にも、知らせてねえ。あるとすればだ、クソッタレの低脳。お前か、もしくはお前に関連する誰かから情報が漏れた可能性しか残ってねえんだぜ」

ディンゴは凄《すご》みを利かせた声でそう言うと、先ほどから机を叩き続けている男の手へと強烈な一撃をお見舞いした。ディンゴの丸太のような腕から繰り出された拳《こぶし》による一撃は、男の手の甲の骨をいとも簡単に砕き割った。

「そうわめくんじゃねーよ、クソッタレ。お前が便所に捨てられたプラスチック製のチップ一枚程しかねえような価値だとしても、アウトローとしてのプライドってもんがあるだろうが」

　手を押さえながら床を転がる男へ向けて、一歩、二歩と歩みを進めるディンゴ。彼は「元はと言えばだ」と続ける。

「こんな辛気臭ぇ廃ステーションを取引場所に選んだのも、あのしみったれた観測ステーションにブツを隠したのも、全部お前さんの発案なんだぜ。どう責任を取るつもりだ、お前はよ」

　ディンゴは何か言いたそうに口を開いた男へ向けて、もう一度きつい一撃を放つ。歯を砕かれた男は床を何度も転がり、やがてぐったりとその場で動かなくなった。

「おい、聞いてるんだろ、クソッタレの飼い主よ」

　どこへともなく発せられた一言に、通信機の向こうから返答がくる。

『落ち着いてくれ、ディング・ザ・ディンゴ。俺らは何もしちゃいないし、何も知らされてない。あるとすれば、いまお前に始末された男の単独行動だ』

「あぁ？　言い訳とは男らしくねぇじゃねぇか、クソッタレよ。俺はな、コケにされるのが絶対に許せねえんだよ。アウトローっつったって自分の中にルールはあるだろうが。お前さん達はよ、そいつを踏みにじりやがったんだ」

　ディンゴは自分の体に合わせて作った大型のシートへどかりと収まると、彼の率いる18

から成る艦隊へと一斉に命令を送信した。命令内容は簡潔で、『裏切り者に思い知らせろ』というものだった。

『待て、ディンゴ！　早まるな！　俺達は命乞《いのちご》いに――』

ディンゴは通信機から聞こえて来る命乞いに顔をしかめると、つまらないとばかりにボリュームをゼロへと落とした。彼の中では既に行動への方針が決定されており、それを覆す事が出来るのは彼自身以外に存在しなかった。この広い銀河中のどこを探しても、それは存在しなかった。

「撃て、1隻たりとも逃すな」

ディンゴの静かに発せられた命令に続き、彼の操る駆逐艦からビームの一斉射撃が開始される。ビームは彼の船のすぐそばを並走していた同型艦へと突き刺さり、いくつもの火球を発生させた。

やがて彼の率いる18の船全てからビームが放たれ、至近距離にいる4つの船へとそれらは到達する。４つの船は自動シールド発生装置により、1分近くもその猛攻の中を進み続けたが、やがてシールドバッテリーが尽きると共に次々と撃沈されていった。

「全艦、全速前進。こそ泥ヤロウを逃がすな！」

ディンゴはそう叫ぶと同時に、撃沈により停止したのだろう攻撃を再開するようにも命令を出した。彼はいつか自分に復讐《ふくしゅう》しにくるかもしれない生き残りを作るつもりは無く、ここを裏切り者全員の墓にするつもりだった。彼は今までそうしてきたし、これからもそうするつもりだった。

彼は廃観測ステーションへ向かいながらも、その後2時間に渡って船の残骸《ざんがい》へと砲撃を行い続けた。既に目標はバラバラの残骸と化しており、最後の方は砲撃の目標を探すのに苦労する程だった。

「ボス、例の3隻がワープ態勢に入りましたぜ」

レーダースクリーンをじっと見つめていたディンゴは、部下からの報告に大きな舌打ちをひとつすると、何も言わずにBISHOPを用いて船へと命令を下した。ワープジャミングによる跳躍妨害は距離的に無理だろうと判断していた彼は、ドライブ粒子の追跡を行う事でジャンプ後の座標を割り出す事へと全神経を集中させた。

「逃がさねえぞ……どこまでも追いかけて、お前らを引き裂いてやる」

やがて5分もしないうちに彼が絶対の自信を持っている追跡装置《トラッキング》は、目標とする3隻のワープ先を割り出す事に成功した。ディンゴはにやりと笑みを作ると、割り出した座標へ向けて全艦隊のワープを命令する。しかし――

「ボス、ドライブの空間予約が拒否されました。向こうは電子戦機かもしれません」

部下から発せられた報告。ディンゴはそれに「馬鹿野郎《ばかやろう》！」と怒鳴ると、ディスプレイの載ったテーブルを強く蹴《け》り付けた。

「電子戦機がいるんなら、なんで俺達は向こうを見つけられたってんだ。ちったぁ考えろクソヤロウ。相手は大型艦だ！」

ディンゴが最初に対象の3隻を発見した時、その距離はまだかなりあった。レーダーやジャミングといった電子的な戦闘に特化した電子戦機と呼ばれる艦種であれば、どんなに貧弱なそれであっても、その存在を秘匿するには十分な距離でもある。相手が電子戦機である事は、ディンゴの経験からすると有り得なかった。

「おとりって可能性も無くはねぇが、待ち受けるんなら廃ステーション周辺を利用したはずだ。相手がよっぽどの馬鹿じゃねぇ限りな。十中八九向こうは逃げてるはずだ」

ディンゴは獲物を追う楽しみに顔を歪《ゆが》めると、すぐさまワープ先の再計算を始めた。標的が逃げ込んだ先はドライブ粒子の薄いエリアであり、連続して飛ぶ事は出来ない。このあたりは彼の庭であり、知らない場所などひとつも無かった。

「標的から識別信号《コールサイン》。一般信号です」

獲物から距離を取った場所へワープした後、いくらもしないうちに部下からの報告が入る。ディンゴはそれに不可解だと眉《まゆ》を上げると、「何のつもりだ？」と呟いた。

「通行人でも装ってるつもりか？　なんだ？　何の意味がありやがる？」

獲物がディンゴの取引品を横取りしていたのは明らかであり、何よりあの場所に用件のある人間などいるはずがなかった。また、現に向こうは逃げの一手を採っているように見える。偶然を装うにしてはあまりにも不自然だった。

「まぁ、いい。二手にわかれるぞ。野郎のケツに喰《く》らい付け」

ディンゴは部隊をふたつに分けると、それぞれが標的を挟み込むように進路を変更させる。標的はディンゴの予想通り大型艦らしく、その加速は決して速いとは言えない。ジャンプ可能となるだろう地点へ到着する前に、接敵する事が出来そうだった。

「全艦戦闘準備！　裏切り者に制裁を食らわせろ！」

叫ぶディンゴ。それに「裏切り者に制裁を！」という各艦からの返答。

「向こうは大型艦だ。当然砲もそれ相応のを載せてるだろうよ。先に撃ってくるぞ。防御機動の準備をしとけ」

ディンゴの声に応《こた》えるように、各艦がゆっくりと軌道を変更し始める。フリゲート艦が駆逐艦の裏へと隠れ、駆逐艦は標的に正面を向けたまま、斜めへ横滑りするように動き始めた。

「……妙だな」

ディンゴの艦隊が防御陣形を敷いた後、５分も経過した頃《ころ》だろうか。もうじきこちらの射程へと入るというのに、標的からは攻撃される様子は無かった。大口径の短距離ビーム砲という存在もあったが、標的がそういった砲艦には見えなかった。既にスキャンによって得られた船影は、一般的な巡洋艦のそれだった。

「……どうする。このまま接敵するか？」

彼は自分自身に言い聞かせるようにそう呟《つぶや》くと、徐々に湧《わ》き出してきた嫌な予感に身を震わせた。何かがおかしいと、彼の直感が告げていた。そしてその直感は、彼が今の今まで危険なアウタースペースの中で生き抜いて来られた理由でもあった。

「ボス、どうします。通信を取りますか？」

部下の声に、視線をディスプレイへと向けるディンゴ。そこには先ほどから繰り返し送られ続けている、標的からの通信要請を示す表示。

「繋《つな》いでみるか？　いや、繋いだ所で何を話そうってんだ」

ディンゴは独り言のように呟くと、通信要請は無視する事に決めた。標的から話されるだろう内容を幾通りも考えたが、そのどれもが意味のある会話になるとは思えなかった。命乞いにははなから応じるつもりも無いし、それ以外なら尚更《なおさら》だった。

「全艦砲撃用意！　目標、中央巡洋艦！」

18の船全《すべ》てのタレットベイが開かれ、砲塔《タレット》が標的へと向けられる。彼は最初に駆逐艦を落とす事も考えたが、その考えは相手の機動を見て即座に破棄した。相手はこちらと似たような防御陣形を敷いており、短時間で落としそこねた場合、巡洋艦の裏で休まれる可能性があった。ビームシールドのバッテリーは、時間によってある程度が回復する。

「放てぇぇ！」

ディンゴの怒声と共に、合計100近い数の青いビームが放たれた。ビームはまっすぐに巡洋艦へ向かうと——

「ビームジャミングだ！　補正急げ！」

——その半数以上が歪んだ曲線を描き、明後日の方向へと反れて行った。巡洋艦へ向かった残りの半数は分厚いシールドに妨げられ、小規模な爆発を起こすにとどまる。通常であれば数発はシールドを貫いているはずのそれに、ディンゴは相手が熟練の戦闘艦乗りである事を確信した。高性能なシールド制御装置を積んでいたとしても、優秀なシールド担当員がいなくてはあれを防ぐのは難しい。侮ってはいけない。

「相手はプロだぞ！　お前ら、死ぬ気で喰らいつけ！」

ディンゴが仲間へ発破をかけようとそう叫んだ時、彼の艦隊の先頭を走る駆逐艦の1隻が、何の前触れもなくその船体を四方に爆散させた。

ディンゴはこれまで何十年もの間、それこそ数え切れない程の戦いを経験してきた。アウトローコープであるホワイトディンゴのトップとして、常に前線に身を置き、あらゆる状況において、大抵は正しい判断を下してきたと自負している。

しかし彼は今、間違いなく混乱していた。

「何をされた？　いったい何をどうすりゃああなる？」

今もなお爆発と共にゆっくりと分散していく仲間の船を見ながら、ディンゴはうめくように呟いた。彼は続いて「敵からのビームを見た奴《やつ》はいるか！」と怒鳴るが、返って来るのは否定の声だった。

「考えろ、考えろ……可能性として何がある。どうすれば『ああ』なるんだ？」

一部はいつか誰《だれ》かに焼却され、そして一部は永遠に宇宙をさまよい続けるのだろうデブリを撒《ま》き散らしている僚艦。ディンゴは砲撃を継続しながらも、目を皿のようにしてその残骸を見つめ続けた。

「……おかしいぞ。なんで残骸が後ろへ流れてやがるんだ？」

ディンゴは、ビームによる爆発が四方へほとんど均等に流れる事を経験的に知っていた。ビームは相手の船体を超高温で蒸発させ、その熱量から来る膨張によって爆発するからだ。今見ている船体の残骸の様に、後ろへ押し出されるようにして爆発する事はあまり無い。

「大口径砲か？　いや、それにしてもだ……野郎！　まさか！」

ディンゴは船体情報の各種異常値をさらっていたが、その中のひとつに目をとめる。そこにあったのは、動体センサの捉えた『高速で飛来するデブリ反応』の値。

「実弾兵器だと!?　ふざけやがって！　そんなクソッタレな骨董品《こっとうひん》——」

叫び声を上げるディンゴの横で、再び別の僚艦が大きく火を吹き上げた。葉巻型をした彼の僚艦は、船体の4分の1程を削り取られるように破壊されていた。艦を制御する事は出来るようなので撃沈は免れたようだが、あれでは戦闘行動は出来ないだろうとディンゴは確信した。

「どうやってデブリ焼却ビームを回避してやがるんだ……くそっ！　全機散開しろ！　砲塔の死角に回り込め！」

ディンゴは単調な動きはまずいと、すぐさま船を大きく迂回《うかい》させた。やがていくらもしない内にセンサーが動体反応を捉え、彼はその動きをじっと観察する。

先ほどまで彼がいた場所へ向けて放たれた弾頭はゆっくりとカーブを描きながら飛来し、それは明らかにディンゴの船から逸《そ》れた場所へと向かって行く。するとディンゴの船に積まれたデブリ焼却ビームが即座に反応し、その弾頭と思われる飛来物をレーザーで焼き尽くした。それはあまりに当たり前で、誰もが知っている当然の結果だった。

「そうだ。そうなるのが当たりめぇだ……だが、そうじゃねぇのがある」

センサーの追う、別の弾頭。それは突出したディンゴ艦隊のフリゲート1隻へと向かい、そして先ほどとは違った結果を生み出した。ビームの光も、シールドの瞬きも無いまま、無造作に放たれたレーザーをかいくぐる様にして、静かにその船体を貫いていく。

「避けてんのか？　冗談じゃねぇぞ、こいつは――」

正体不明の新兵器による攻撃。ディンゴはそれが意味する事を考えると、やがてひとつの結論へとたどり着いた。

「帝国軍か！　帝国のクソッタレな犬どもめ！」

彼は戦闘中である事も忘れて怒りに身を震わせると、2度3度と机を蹴り上げた。半分は帝国への怒りで、もう半分は自分に対するものだった。事前に予想出来たとも思えないが、結果論からすればこれは避けるべき戦いだった。

「ただじゃ落ちねぇぞ！　中央に引《ひ》っ掻《か》き回されてたまるか！」

距離の縮まった両艦隊は、やがてビームによる壮絶な撃ち合いへと発展した。既に5隻目が撃沈されたディンゴの艦隊だったが、まだまだ数では勝っていた。

ディンゴは傷ついた艦があれば後ろへ回し、隙《すき》さえあれば敵のエンジンが見える後ろから襲い掛かった。何隻かが積んでいた味方のビームジャミングはそれなりに効果を示したが、例の弾頭兵器に対しては全くの無力だった。いくつかの艦が独自の判断でシールドをフィジカルに切り替えたようだったが、それも逆効果にしかならなかった。実弾の兵器は確かに恐ろしかったが、全体で見るとビーム兵器による割合の方が総合火力の面で大きいからだ。

失っていく戦力と、相手の船へと与えるダメージ。それはどちらが勝っているとも言い難く、戦場は混乱を極めていた。ディンゴは戦場に生きるようになってから初めて、勝っているのか、それとも負けているのかの判断がつかずにいた。

「いくらなんでも被害がデカすぎる。退却するか？　それとも――」

ちらりとディスプレイへと目をやるディンゴ。そこには、引き続き送られ続けて来ている通信要請の文字。

「……ちくしょう！」

ディンゴは荒々しくディスプレイを叩《たた》くと、通信回線を開いた。

〈10〉

「先に言っておくけど、手を出して来たのはあんたらだからな」

太朗《たろう》はようやく繋がった通信相手に対し、ぶっきらぼうに言い放った。彼はどんな理由があってこのような状態になったのかわからなかったし、知った所でこのゴミ溜《た》めみたいな気分がマシになるとも思えなかった。

『どの口がほざきやがる。帝国の犬がこそ泥の真似《まね》をしていいと思ってんのか？』

通信機から聞こえて来る、明らかな怒気を含んだ声。太朗はそれに言い返そうとするが、今は他《ほか》に言う事があると取《と》り止《や》めた。

「とりあえず停戦しよう。こっちには自衛以外に戦う理由が無い」

これは、太朗にとって全く正直な所だった。彼は襲われただけに過ぎず、その原因に心当たりが無い。

『そっちには無くても、こっちにはあるぜ。まずは盗んだ物を返すんだな』

太朗はその声にピクリと眉《まゆ》を痙攣《けいれん》させると、怒りのままに叫んだ。

「それも含めて話し合おうって言ってんだよこの野郎！　さっさと砲撃を止《や》めさせねぇと、そのケツに魚雷をぶち込むぞ！」

管制室に訪れる、しんとした静けさ。視界の隅で小梅《こうめ》が拍手をしていたような気がしたが、太朗はそれを無視する事にした。

『……いいだろう。今から10秒後に停止だ』

敵船から送られて来る、カウントダウン関数。太朗はそれを僚艦へと送り届けると、カウントゼロと同時に砲撃を停止した。そして戦場に訪れる奇妙な静寂。

『さあ、これでいいだろう。さっさとブツを寄越すんだな。そうすりゃこれ以上お前らに構うつもりはねぇ』

「ふん、信用できないし、するつもりも無ぇよ。つーか、なんでこんなもんの為《ため》にそこまでやるんだよ。意味がわかんねえぞ」

『冗談言うんじゃねえよ。そいつがいくらになるか判《わか》って言ってんのか？』

敵船からの発言に、太朗は思わずまじまじとチップを眺めた。

「こんなもんが金になんのか？　別に独り占めするつもりも無いし、コピーでもなんでも持ってきゃいいじゃねえか。送るぞ」

　太朗は好きなだけ持っていけとばかりに、全データを通信回線越しに送り届けた。チップの中に入っているのは宇宙の遍歴を調べる為の観測データであり、別に珍しい物でもなんでも無い。太朗の他に地球を探しているライバルなど居ようはずも無く、今の段階で独占する意味は全く無かった。

『おい、なんだこれは』

　通信機より聞こえる、ドスの利いた声。太朗はそれに「なんだもなにもねぇよ」と言い放ち、「さっき回収したもんだよ」と続けた。

『……俺はこういった場での冗談は好きじゃねえ。なぁおい。お前らがここで何をしてたかは、絶対に言わねえ。ディンゴの名に賭けようじゃねぇか。帝国様に逆らうつもりもねぇしよ。素直に物を渡してくれれば、それでいいんだ』

　相手側との妙な食い違いに、首を傾《かし》げる太朗。彼はまさかという思いで「おいおい」と頭を無造作に掻くと、震える手を押さえつけながら発した。

「ディンゴだかなんだか知らねぇけどさ。あんたがさっきから言ってる『ブツ』ってのは、コンテナに入ったチップだったり装置だったりするわけ？」

　しばし訪れる、完全な沈黙。

『……冷蔵ボックスに保存されたカプセルだ。まさかとは思うが――』

「積んでねぇよ間抜け野郎！　さっさと戻って回収でもなんでもしやがれ！」

太朗は怒りのままに言い放つと、イヤホン型通信機を地面に叩きつけた。彼は言い表せぬ憤りに身をよじると、それを靴で踏み砕いた。

「ちくしょう！　ここはクソみたいな場所だ！　ただの勘違いで人を殺す事になっちまった！　くそっ、くそっ！」

太朗は知らぬ間に流れていた涙を手の甲で拭《ぬぐ》うと、シートへ顔を押し付けるようにして叫んだ。本当は今すぐにでも独りになりたかったが、ここを離れるわけにもいかなかった。彼は今、多数の命を預かる立場にあった。

「敵船より通信電文です、ミスター・テイロー。確認する為の船を観測ステーションに向かわせたので、しばし待つようにとの事です」

冷静な小梅の声。太朗はそれに、振り向かずに手を振る事で応《こた》えた。彼は疲れきっていたし、それ以上の動作が必要だとも思わなかった。


〈11〉

照明の落とされた暗がりの部屋。太朗は扉の隙間《すきま》から差し込む廊下の明かりに、来訪者が訪れた事を知った。

「アランか……どうやって入ったんすかね」

ベッドの上で縮こまっていた太朗は、侵入者に顔を向ける事も無く呟《つぶや》いた。

「俺は軍のデータバンクにだって侵入できるんだぞ？　それに比べりゃあ個室の鍵《かぎ》なんぞおもちゃみたいなもんさ。お前がいくら優秀だからといっても、扉そのもののセキュリティ機構に限界がある」

アランは歩きがてらにスチール製の椅子《いす》を摑《つか》むと、それを太朗のいるベッドの横へと配置した。椅子の足についた磁力が働き、静かな部屋に金属同士のぶつかる音が響く。

「飲め」

金属製のカップを手にしたアランから、短く発せられた言葉。太朗はそれに「いらない」と答えるが、アランは強引に器を握らせてきた。

「俺は飲むか、と聞いたんじゃない。飲め、と言ったんだ。年長者の言う事は聞いとけ。間違いなく、いくらか役には立つ」

太朗はアランにされるがままに起き上がると、手にしたコップに注がれる液体を力無く眺めた。足元から立ち上る間接照明の薄明かりに、高濃度のアルコールと思われる液体がてらてらと揺れた。

「お前は何も悪くない、と言われたいわけじゃあ無いんだよな」

薄明かりの中にアランの声が響く。太朗はそれにひとつ頷《うなず》くと、手にした飲み物をぐいと呷《あお》った。

「かはっ、はっ……うぁ、どんだけ強いんだ、これ」

アルコールの強い刺激に、喉《のど》を焼かれてむせ返る太朗。それを見たアランが、優しい笑顔を作る。

「ファイアーボール925って酒だ。名前の通り、アルコール度数が92．5％もある。普通は割って飲むのさ」

アランはそう言うと、自分の持つ器へピッチャーから他の液体を流し込み始めた。太朗は無言で器を差し出すと、アランからそれを注がれるがままに任せた。

太朗はフルーツジュースによりいくらかマシになった――それでも度数が強い事には変わらないが――酒をぐいぐいと呷ると、しばしアランとふたりで無言の時を過ごした。太朗は酔いがまわってきたなと実感できる程度に目が回ってきたあたりで、「アランはさ」と口を開いた。

「元軍人、なんだよな。その、人を……殺した事ってあるの？」

太朗は『殺す』という単語を口にするのが、何か非常に恐ろしい事のように感じながら発する。そんな太朗とは対象的に、「あるぞ」と事も無く答えるアラン。

「不幸自慢をするつもりは無いが、俺の時は酷《ひど》かったな。言ってなかったと思うが、俺は元々陸戦にいたんだ。陸戦隊。わかるか？　いわゆる歩兵だ。アームドスーツを着て、銃を担いで、敵さんに突っ込むあれさ」

　アランはグラスをそっとテーブルへ置くと、思い出すように天井を見上げた。

「帝国争乱期の様に派手な戦いがあったわけじゃあないが、出番はしょっちゅうあったな。脱税をした政治家だったり、麻薬だのなんだのといった売人組織だったり。相手は要するに、クソみたいな連中さ」

　アランは不機嫌そうにそう言うと、腕を組んでふんと鼻を鳴らした。彼はそのまま視線を下げると「だが」と続ける。

「そうじゃない事も、あった。ただ邪魔だというだけで、道端に立ってた女を撃ち抜いた事もある。知ってるとは思うが、帝国は戸籍を持たない人間に対して一切の容赦をしない。そして俺達は、やれと言われた事はやるしかなかった」

　アランは真《ま》っ直《す》ぐに地面を見据えたまま、しばし口をつぐむ。太朗は何か言葉を返すべきだろうかと悩んだが、考えがまとまらず、じっとアランの続きを待った。

「別に後悔してるわけじゃあないが、もっと他にやりようは無かったのかと思う事はしょっちゅうだな。今でもそう思う事がある。たぶんこれからもそう思うんだろうが、それればっかりはどうしようもないんだろうな」

　アランの語る過去の話に「うーん」と首を捻《ひね》る太朗。

「良くわかんねぇな……いくら戸籍を持たないからって、そんなに好き勝手やったんじゃ反感が凄いんじゃねえの？　それこそ住民が蜂起《ほうき》でもしたら、軍にも大きな被害が出るじゃん」

太朗の声に「まあな」とアラン。

「だがそれでも、そうした方が全体の被害が少ないと上は判断したんだろう。最大多数を助ける為に、少数を犠牲にする。そいつは上に立つ者が責任をもってやらなくちゃならん大原則だ。そいつを下に押し付けるようになったら、その組織は終わりだろうな。少数の為に多数を犠牲にするのは以《もっ》ての外《ほか》だ。本当はもっと細かい気配りを行えるのがベストなんだろうが、そうするには銀河帝国という組織自体が大きくなりすぎたんだろう」

アランはそう言うと、自らも酒の入った器をぐっと呷った。太朗はアランの語るそれについて必死に考えを巡らせたが、残念ながら今は満足の行く結論は出せそうに無かった。アランの言っている事は正しいのかもしれないが、はいそうですねとすぐに納得出来るような話でも無い。

（でも……考えなくちゃなんねぇんだろうな）

太朗はそういった事柄についての自分なりの答えを、出来るだけ早い内に見つけ出さねばならないだろう事を理解していた。アランの言う『上に立つ者』とは太朗の事であり、組織とは『ライジングサン』の事に他ならない。きっといざその決断が必要な時に確固たる方向性が示せねば、多くの犠牲を生む事になるのだろう。

「俺には、そこまで割り切った考えはまだ難しいな……」

太朗《たろう》はそうぼやきながら、空になった器へと酒を注いでいった。そんな太朗に「別に割り切る必要はないさ」とアラン。

「うんざりする程悩みぬいて、頭がおかしくなるくらい泣いて、俺はもっと良い結末を用意できるんだぞと叫び続けりゃいい。大なり小なり、みんなそうやってしみったれた世の中を生きてるんだからな。それが嫌なら社長なんぞ辞めちまえ」

アランはそう言い放つと、太朗へ向けて鋭い視線を向けて来る。太朗はそれを真っ直ぐに見据えると、「難しいな」と苦笑いと共に返した。

「あぁ、クソが付く程にな。結局の所、お前自身が悩みながら答えを見つけるしか無いだろうさ。まぁ、せいぜい悩むんだな。悩む事が出来るのは若者の特権らしいぞ？」

アランはそう言うと席を立ち、ドアへ向かって歩き出した。太朗は横を通り過ぎるアランに顔を向けると、「なぁアラン」と声を掛ける。

「俺はあんま頭が良くねぇからよ、小難しい事はわかんねぇさ。けど、積極的に人を殺すような真似《まね》だけはしないし、させないって約束出来る。けど聖人君子を気取るつもりも全く無いし、時にはそういった事も必要だって事もわかってるつもりだ」

太朗は一度言葉を区切ると、渇いた喉へと酒を流し込んだ。

「アランの言う通り、多分うじうじと悩むんだと思う。子供みたいに癇癪《かんしゃく》を起すかもしんない。だからさ、そういう時は――」

「おう、また慰めに来てやるさ。若者を激励するのは、おっさんの義務だろうからな」

太朗の声に、被《かぶ》せるようにしてアラン。太朗がにやりと笑いながら「童貞が偉そうに」と呟くと、アランが「お前こそな」とそれに返し、その後はふたりで笑い合った。


薄暗かった太朗の部屋から、煌々《こうこう》と明かりの灯《とも》る廊下へと出るアラン。彼は背後で自動ドアが締め切ったのを音で確認すると、大きく伸びをした。大して長い時間を話したわけではないが、内容が内容なだけに疲労が溜《た》まっている。言葉を選ぶ会話というのはやはり疲れるものだなと彼は思った。

「もっとへこたれてるものかと思ったが、意外と芯《しん》があるな……そっちはどうだった？」

アランは視線をどこへ向けるでも無くそう発すると、壁にゆっくりと寄りかかった。すると廊下の陰からベラが現れ、手をひらひらと揺らしながら「こっちは簡単なもんさ」と答えた。いつもの軍人めいた姿では無く、部屋着と思われるゆったりとした格好。

「散々泣きはらした後、ひと呼吸おいたらもう元気になってたよ。坊やよりもずっと強い娘だね」

ベラはそう言うと、アランの隣で同じように壁へと寄りかかった。アランはそれに「だろうな」と返すと、「一本もらえるか？」とベラから葉巻を受け取った。

「女は現実思考だって言うからな」

アランは葉巻の先についている小さな発火性カプセルを指先で潰《つぶ》すと、葉巻を口に咥《くわ》え、青白い煙をゆっくりと吐き出した。普段は煙草《たばこ》など吸わないのだが、こういった時は別だった。

「童貞の癖に、知ったような口をきくんじゃないよ」

にやにやとしたベラ。そんな悪態に、「テイローにも同じ事を言われたよ」と笑みを返すアラン。アランは再び葉巻の煙を口腔《こうこう》に吸い込むと、間接光に照らされた天井を仰ぐ。

「まぁ、宇宙船乗りなら誰《だれ》もがいつかは通る道だ。自衛の為《ため》だろうが、そうじゃなかろうがな。テイローや嬢ちゃんの場合、ちょいとそれが早すぎただけだろう」

しみじみと、アラン。それにベラがふんと鼻で笑った。

「私は12で人を殺したよ。あの歳《とし》なら十分だろう」

突き放すようなベラの声。それに「おいおい」とアラン。

「そりゃあ筋金入りのマフィアからすりゃあ甘っちょろい話かもしれんが、お前さんとは環境が違いすぎるだろう。俺は地球の事は良くわからんが、間違いなくテイローは平和な上流階級の出身だぞ。お前さんだって気付いてるんだろう？」

片眉《かたまゆ》を上げるアラン。「だろうね」とベラ。彼女は無言でアランに携帯灰皿を投げ渡すと、自らも葉巻を咥えた。

「何千年前なのかもわからない様な過去から来たアイスマンにしちゃあ、坊やはあまりに順応するのが早過ぎるからね。ちゃんとした教育を受けて育ったんだろうさ。素直で、人並みの正義感や責任感もある。平和な土壌で育ったんだろうねぇ」

ベラはうっとうしそうに長い髪を払うと、手馴《てな》れた様子で葉巻に火をつけた。

「だけど、度胸はあるね。向こうとのやりとりをHADの中で聞いてたけど、あれはいい啖呵《たんか》だったよ。なかなか言えるもんじゃない。将来、いい男になるだろうね」

ベラはいくらかうっとりとした表情でそう言うと、獲物を狙《ねら》うような目つきでにやりと笑った。アランはそれを横目に眺め、とんでもない女に気に入られたもんだなと太朗に同情の気持ちを覚えた。アランは葉巻の吸殻をそっと落とすと「将来の事は知らんが」と続ける。

「明日からはまた、退屈な移動の日々だろう。明日が早いというわけじゃないなら、付き合えよ。年寄りの思い出話大会だ」

アランは酒蔵でもある談話室の方へ体を向けると、のっそりと歩き出した。

「あたしはまだそんな歳じゃあないし、暇でも無いよ。あんたがなんで童貞なのか、ちょいとわかった気がするねぇ……………まあ、一杯くらいなら付き合おうかね」

ベラは葉巻を咥えたまままそう発すると、ちらりと太朗の個室へと目を向けた。彼女は

「おやすみ坊や」と小さく呟《つぶや》くと、アランの後にゆったりと続いて行った。

第2章　アライアンス〈1〉

　アルジモフ博士の指定する回収ポイントのひとつを、無事とは言えないがなんとか回収に成功した太朗は、残るふたつの回収ポイントへ向けてのんびりとした航海を続けていた。先の戦いの後しばらくは管制室に居心地の悪い空気が漂っていたが、それも1週間が過ぎた頃《ころ》にはすっかり元通りとなっていた。彼らは若く、互いに支え合う仲間がいた。

「次のジャンプでホワイトディンゴの勢力圏を離脱しますよ、ミスター・テイロー。これで犬野郎ともお別れできますね」

　太朗の方へと顔を向け、にこりと笑う小梅《こうめ》。太朗はそれに「ようやくか」と呟くと、安《あん》堵《ど》の溜息《ためいき》を吐《つ》いた。

「あいつのせいでどのステーションでも門前払いだったからな。やっと補給にありつける……………腹立たしいけど、あいつの影響力ってのはすげぇんだな」

　ホワイトディンゴのトップであるディンゴは約束通り、戦いの後に再び襲い掛って来るような真似はしてこなかった。しかし彼は去って行く太朗達を無言で見送ったが、代わりに謝罪の言葉が出る事も無かった。太朗はそれに対して頭に来たものだが、当時は疲れ切っていて文句を言う気力すら無かった。

　戦場を離れた後の太朗達は、様々な物資の補給や修理を受けるべく最寄のステーションへ立ち寄ったが、いくら交渉してもドッキングの許可が下りる事は無かった。仕方無しに と通過点にあるいくつかのステーションに立ち寄る事にしたが、そのどれもが太朗達の ドッキングを認める事は無かった。それにより太朗達は、そのあたりのエリアがどこも ディンゴの強力な支配下にある事に、遅ればせながら気付かされる事となった。

「ふん、逆恨みもいいところよ！　幸いこっちは死者こそ出なかったけれど、船も人も怪《け》我《が》だらけだわ。いつか帝国領に来るような事があれば、これでもかって位むしり取ってやるんだから！」

マールは怒り心頭とばかりにそう言い放つと、軟体素材で出来たモニターのふちをぺちぺちと叩《たた》き始めた。太朗はそんなマールを「まぁまぁ」となだめると、最後のオーバードライブを起動させる。先の戦いで船は大きく傷ついており、出来るだけ早くドック入りさせたかった。

「実弾と修繕と交換と、その経費を考えると今から頭が痛いわ……交易の売り上げで間に合うかしら」

うんうんと唸《うな》るマールに、太朗は他人事のように同情の視線を送った。彼はそれがあまりに大金である場合を除き、お金に関しては無《む》頓着《とんちゃく》なままだった。そしてそれが最も正しい在り方だとも思っている。銀河帝国で育ったわけでもない自分は一般的な金銭感覚に乏しく、そして自分よりそういった面において優れた人材がいるのであれば、それは任せるべきだった。

――オーバードライブ　終了――

いつもの不思議な酩酊《めいてい》感と共に、長いジャンプを終了した太朗。彼は決まりきったチェックを流れ作業的に進めると、前進の指示を出そうとした所で慌てて思いとどまった。あまりにいつも通りの流れだったので、危うく重要なシグナルを見逃しそうになる所だった。

「向こうになんかいるな……また無意味にドンパチやるのは御免だぞ」

レーダースクリーン上に映った、３つの光点。太朗はそれに不愉快だと視線を向けると、どうするべきかと首を傾《かし》げた。そんな太朗を見て、マールが口を開いた。

「この距離ならスキャンスクランブラで身を隠せると思うけど、逆に相手を警戒させないかしら。出会う船が全部敵だと思うのはここでは正しい事なんでしょうけど」

「えぇ、ミス・マール。ただしそれは帝国領に限った話でしょう。アウタースペースにおいて、ステルス化を行う事は特に珍しい事でも無いようですよ」

「ほぅ、物知りやね小梅ちゃんは。ちなみにどこ情報？　ベラさん？」

「否定です、ミスター・テイロー。『実地情報』です」

小梅の声に、首を傾げるふたり。小梅はそんなふたりをよそに操作盤へタッチすると、大型ディスプレイ上に描かれたレーダースクリーンを指差した。

「…………まじすか？」

小梅の指差す先を見て、呆れたようにぼそりと太朗《たろう》。小梅により更新されたレーダースクリーンには、等間隔に配置された無数の船影を示す何十もの光点が存在した。太朗は今一度広域スキャンを実行し、その結果とを見比べた。

「スキャンは何も捉えてねぇぞ……デブリあたりの誤認じゃなくて？」

「否定です、ミスター・テイロー。高い確率で船舶かと思われます」

「うーん、テイローの口癖じゃないけど、その心は？」

「これです、ミス・マール」

黒い手のひら大のチップを、目の高さでひらひらとさせる小梅。それに対し「観測データ？」と首を傾げるふたり。

「えぇ、ドクトル・アルジモフの観測データです。これには周辺のあらゆる天体の詳細なデータが詰まっており、デブリを除けば例外は存在しません。当然時間軸による記録もありますので、公転周期等や何かも含まれております。現在時刻における天体の正確な位置を計算する事は、容易ですね」

大型スクリーンに映し出される、プラネタリウムのような無数の星々。小梅はそれをあおぐと「これが現在のスキャン結果です」と別の画像を半透明に重ねて見せる。

「わぁお、なんか見慣れない星がいくつもあるな」

太朗がうんざりした様子で呟く。彼は軍学校の知識を思い描くと、天体偽装と呼ばれる偽装工作を思い出した。スキャンスクランブラ等を用いて、船を何かの天体であるかのように偽装する手法。

「全部で22の、そこにあるはずの無い天体がスキャンによって観測されています。その内のいくつかが近年になって配置された小型ステーションであるという可能性はもちろんありますが、いくら何でも全部という事は無いでしょう。多過ぎます」

「なるほどね……ねぇ、テイロー。あたし、凄《すご》い嫌な予感がするんだけど」

小梅の解説に頷《うなず》きつつ、眉《まゆ》を顰《ひそ》めるマール。太朗は「俺もだぜぇ」と続ける。

「動かないでその場でじっとしてるって事は、多分待ち伏せだよな。あの3隻はおとりかなぁ……結局憂さ晴らししてくる事にしたんかな？」

太朗はディンゴという男があの後どうなったかなど知らないし、知りたくも無かった。唯一知っているのは彼がその勢力下のステーションに対し、ライジングサンへの協力をしないよう周知させただろう事だけだった。

そう考えると、今回の待ち伏せによる襲撃の為にこちらの戦力を削《そ》いだままにしておきたかったと見えなくも無いが、アランやベラによるとその可能性は低いだろうとの事だった。ディンゴがその気になれば１００を超える艦隊を動員する事が可能だろうというのが、彼らベテランの共通した結論だったからだ。ステーションの規模や、それらに停泊している船舶の量。予想される経済規模や何かから、本当に大まかではあるが、戦力を割り出す事が出来る。

しかし相手は人間であり、気が変わらないと断言する事は出来なかった。それに何より、ディンゴ以外に心当たりが無いという現実があった。友好的な知り合いが出来る前に敵対企業が出来てしまった不幸を、太朗は少し呪《のろ》った。

「反転して直進すれば、5分以内にジャンプ可能なエリアへ到達可能ですよ、ミスター・テイロー」

「よし、逃げよう」

「賛成だけど、ものすごい速さで決断したわね」

マールの言葉に太朗は腰をくねらせると、「だってぇ～」とシートの上でうねうねとうごめいた。

「テイローちゃん、犬より猫派だしぃ～。次にあのわんちゃんと出会ったら冷静じゃいられなさそうだしぃ～」

「……あんたって、時々本当に気持ち悪いわよね」

「いやいや、俺的には目一杯カワイコぶってみたんだけど」

太朗は何を失礼なといった視線をマールへ向けると、ＢＩＳＨＯＰで船体に反転命令を送った。すぐに訪れるわずかに感じる遠心力に身を任せると、彼は相手側に動きが無いかどうかを注意深く見守った。

「全速前進。粒子の濃度が十分になったらすぐにジャンプで」

呟くように発する命令。マールと小梅の了解の声が返り、太朗はモニタを睨《にら》みながらスキャナへと神経を集中する。

――識別信号受信《コールサイン》　CL8292――

――通信回線要請　CL8292――

ふと、BISHOP上に浮き上がる表示。太朗は「おや？」と眉を上げると、小梅の方へと視線を向けた。

「柄の悪いわんちゃんも、噛《か》み付く前にひと言断りを入れるのを憶《おぼ》えたのかね？」

「さぁ、どうでしょうかね、ミスター・テイロー。いずれにせよ噛み付いて来るのであれば、躾《しつけ》が必要というものでしょう………ふむ。よろしければ、ここはひとつ私にお任せいただけないでしょうか」

何か意気込みを感じる台詞《せりふ》。太朗はそんな小梅の発言に驚くが、小梅は小梅でフラストレーションが溜《た》まっているのかもしれないと許可を出す事にした。先の戦いでは今までに無いレベルでの被弾数を経験しており、シールド制御を担当する小梅の忙しさは見ているのが気の毒になる程だった。

「よし。いぬっころにガツンといったれ」

拳《こぶし》を突き出す太朗。それに親指を立ててにやりと笑う小梅。彼女は「ミス・ベラに作法は学びました」とモニタへ向かって強い下目使いを向けた。太朗はさらに煽《あお》りの言葉を入れようとするが、小梅の上げられた掌《てのひら》にそれを制される。相手と回線が繋《つな》がったのだ。

「聞こえておいででしょうか、この排泄物《はいせつぶつ》の次くらいに手の施しようが無いだろう価値の腐れ四足歩行野郎。何か用があるんだったら口からクソを垂れる前と後にワンって付けやがりませ。ステーションを取り巻くデブリ程にも存在感の無いお主のキャラクターにも少しは彩りが付きやがりますでしょうよ」

言い切ってやったとばかりに勝ち誇った顔の小梅。艦橋に訪れる静寂。どこから突っ込んだものかと悩む太朗。

『……えぇと、わ、わん。そちらライジングサン所属艦隊は旗艦のプラムⅡでよろしいでしょうか、わん』

通信機より聞こえる、見知らぬ若い男の声。小梅は太朗の方へと顔を向けると、はてなと首を傾げた。やがて大型ディスプレイに通信相手と思われる歳若《とし》い美形男子の姿が表示された。深緑の髪がにぶい光を反射し、人懐こそうな顔がとまどいの表情を浮かべている。

「おっと、ミスター・テイロー。いったいこれは誰《だれ》でしょうかね？」

「オーケー、小梅さん。知らないし、謝っとこう。とりあえず謝っとこう」

「そんな弱気でどうするのですか、ミスター・テイロー。実際、先方も乗ってきているわけですしこのまま行くというのも――」

太朗は無言で小梅《こうめ》の通信をジャックすると、自らのそれへと繋げる事にした。放って置くとろくな事にならない気がしたからだ。

「えーと、いきなりなんかすいません。ちょっと色々ゴタゴタがあって、ほら、ね。アレな感じのがそんな流れでいわゆるそういう事です」

ディスプレイへ向けて、ぺこぺこと頭を下げる太朗。

『は、はぁ……良くはわかりませんが、こちらに敵対の意思はありません……わん』

「それもうやらなくていいですからねっ!?」

太朗は滑り落ちそうになるシートへなんとかしがみつくと、「それで、どちら様でしょうかね?」となんとか発する。様子からするとディンゴの勢力ではないようだが、敵でない事がすなわち味方であるという事には繋がらない。

『これは失礼を。こちらＥＡＰ同盟《アライアンス》派遣艦隊。僕はアライアンストップである企業リトルトーキョーの代表取締役、リン・バルクホルンです。そちらはＴＲＢユニオン代表、ライジングサンのミスター・テイローでよろしいでしょうか?』

通信機より聞こえる、よく通る声。太朗は２、３度目を瞬くと、何かの聞き間違えだろうかと聞き返した。

「リトル……トーキョー？」

呟《つぶや》くように尋ねる。耳元の機械から返されたのは、『はい』という短い返事だった。


〈2〉


太朗は震える手を押さえつけると、小梅の方へと顔を向けた。心拍数が上がり、めまいを覚える。

「リン・バルクホルン……なぁ小梅、聞いたか？」

ディスプレイ上の若者を見つめながら、太朗。そんな深刻な顔つきに応《こた》えるように、小梅はきりっとした表情を作った。

「えぇ、ミスター・テイロー。非常に強そうな苗字《みようじ》ですね」

「そこじゃねぇよ！」

太朗は少し離れた場所にいる小梅へ向けて手をひらひらとさせると、「トーキョーって単語に憶えは？」と尋ねた。

「トーキョーですか、ミスター・テイロー。少々お待ちを………はい、残念ですが銀河百科事典《エンサイクロペディアギャラクティカ》にそのような単語の記載はありませんね。トキョーアという星系でしたら、ベータ星系方面に存在するようですが」

小梅の答えに、やはりただの偶然だったかと肩を落とす太朗《たろう》。彼は通信機の向こうで戸惑いの顔を見せている少年に気付き、謝罪をする。

「ごめん、話の腰を折っちまった。んで、そのアラ……なんだっけ？」

助けを求めるようにマールの方を見やる太朗。

「同盟《アライアンス》よ、テイロー。企業同士の同盟ね。大抵は相互防衛と戦闘艦の通行許可が付随する結束の事を言うの。そしてユニオンみたいに利益を共有分配したり、組織全体を単一の企業として見做《みな》したりはしないわね。あくまで別企業同士が結託してるって感じかしら。TRB《うち》は利益共有してるからユニオンね」

「なるほど、て事は単純にユニオンよりでかい塊を指すってわけでも無いんか」

「そうね。利益共有しない企業が2つ以上手を組めば、それは一応アライアンスとして扱われるわ。でも小さい企業であれば普通は利益共有するものだし、それをしないって事は大企業同士の結託か、利益共有が現実的じゃない程に加盟企業数が多い状態だって事よ。結果的に大きな組織である事がほとんどね。ちなみにEAPはニューラルネットにも登録されてる名前だし、識別信号の情報とも一致してるわよ」

「お、まじか。そんじゃとりあえず信用は出来そうなんかな……ふむ。同盟って明らかに軍事知識っぽい単語なんだけど、なんで俺知らねえんだ？」

マールの言葉に疑問が浮かぶ太朗だったが、少し考えるとすぐに答えは出た。帝国には敵もいなければ、同盟という形で協力する勢力も存在しないからだ。

「ＨＡＤの時と同じか。民間の軍事についても勉強が必要だなぁ………あぁ、すまんすまん。で、そのアライアンスが俺っちに何の用でしょうかね？」

今にも泣きそうな顔をしていた通信機越しの表情が、ようやく自分の出番だとばかりにぱっと輝いた。

『はい、ここは税関ですので、通るのであれば関税を徴収させて頂きます』

リン・バルクホルンの元気な声。太朗はぽかんとした表情を横に向けると「そういうのもあるの？」と発した。

「あるの、って聞かれても、知らないわよ。ここは帝国じゃないんだから、統治者の数だけ法が存在するわ。正直早くプラムを休ませたいから、額にもよるけど払っちゃっていいんじゃないかしら」

太朗はマールの声に「道理やね」と頷《うなず》くと、再び回線へと意識を戻した。

「払うよ。いくらっすかね？」

『はい、積荷によりけりですので、リストをお送り頂ければ算出します。予定収益の１％を事前に収めて頂いて、帰りの際に再び同額を。売買益にかかる税はまた別ですので、あしからず』

その程度であればと、リストの送信準備を始める太朗。しかしそこへ「待って」とマールが割り込んでくる。

「帝国との第二次調整条約は？」

『はい、もちろんです』

「そう。それなら大丈夫だわ。テイロー、久しぶりのお仕事と行きましょう」

満足気な表情を見せるマール。太朗はそれに、なんのこっちゃと首を傾《かし》げた。

「帝国と諸管理コープとの間で結ばれている条約ですよ、ミスター・テイロー。税金の二重支払を防止する為《ため》の、相互控除の取り決めですね。ここはアウタースペースですので、場所や企業によっては条約が締結されていない組織もある事でしょう」

「二重支払っすか。こっちでも税金払って、帝国でも同じもんに払ってってならないようにしようって事？」

「えぇ、そうよ。全額が負担から減るわけじゃないけど、いくらか控除が働くのよ。限度額も決まってるわね」

小梅とマールの説明に、なるほどと得心の表情を作る太朗。彼は現金として持ち運んできた交易品の一部を支払いに充《あ》て、対価として安全やステーションへの寄港を求める旨の契約書をその場で作成すると、リンの乗る船へ向かって送信した。

「お釣りが出ると嬉しいんだけど、どうすかね？　とりあえずそっちの相場平均で構わないけれど」

アウタースペースは帝国中央はおろか、アルファ星系エリアとも通信が繋がっていない。帝国で流通しているクレジットは全《すべ》て電子マネーであり、通信が繋がっていない場所には送金自体が行えない。帝国はニューラルネット崩壊による影響から昔ながらのマネーチップを大量に量産しているようだが、生産がまだまだ追いつかない状況という事らしい。

『はい、大丈夫ですよ。ちょっとお話ししたい事もありますし、ステーションまで誘導しますね』

通信機より聞こえた返答に、安堵《あんど》の息を漏らす太朗。

太朗はビーコン信号を発信しながら先導するリンの巡洋艦に従い、極短い距離へのオーバードライブを実行した。到着した先に見えたのは、アウタースペース到着以来見てきた中で、最も大型サイズの宇宙ステーション。多数の船舶が忙しそうに動き回っているのが確認出来、太朗でなくともここ周辺の経済活動の中心地であろう事が容易に想像出来そうだった。

「でけぇな……アルファの数倍はありそうだ」

太朗はリンの船に続く形で桟橋へ向かうと、帝国のそれと変わらないガイダンスに従ってドッキングを行った。ゴーストシップで行ったいつかのそれとは違い、全てが自動化された難しくもなんともない作業。太朗はシートに寝そべりながら、お気に入りのフルーツジュースを口にした。

――ドッキング完了　ようこそカツシカステーションへ――


吹き出すジュース。避ける小梅。顔にジュースを浴び、無言で立ち尽くすマール。

「カ、カツシカぁ!?　いやいやいや、これ、ぜってぇ日本人が絡んでるだろ!?」

BISHOP上の表示に突っ込む太朗。太朗は言うと同時に歩み寄るマールの存在に気付き「あ……えっと、すいませんでした」といそいそと正座をし始めた。

「別にいいわ……怒ってないし……で？　なんなの？　何があんたをそこまで驚かせたわけ？　納得の出来る理由を聞かせて欲しいんだけど」

感情の無い瞳《ひとみ》で、マール。太朗は「めっちゃ怒ってますやん」と小声で呟くと、ぴくりと動いたマールの口元に、急いで説明を始めた。

「あぁいや、あの、あれです。俺が住んでた場所の名前がトーキョーで、その地名の一つにカツシカってのがあったんです。はい」

「ふうん……偶然って可能性は無いの？」

「あぁ、いや。どうなんだろな……詳しくは向こうに聞いてみなきゃだけど、いくらなんでもなぁ」

銀河帝国における今までの生活。そこで耳にしていた地名や単語は、全て銀河帝国標準語と呼ばれる、恐らく英語が元になっただろう言語だった。国籍不明のものだったり、およそ意味を成さない音による単語というものもあったが、明らかに日本語と思われる音を持つ言葉には出会っていなかったと断言できる。太朗はオーバーライドにより日本語を話す事が出来なくなっていたが、全ての日本語に関する知識が失われたわけでは無い。

「まぁ、開けてビックリ玉手箱ってな。行ってみようぜ」


〈3〉


宇宙ステーションにおける最初の乗り入れ口、ゲートロビー。カツシカステーションのそれは、帝国の洗練されたデザインのものと違い、雑多で、喧騒《けんそう》に溢《あふ》れ、活気に満《み》ちていた。一辺が数百メートルはあるだろう巨大なフロアは、どこもかしこも人と露天で埋め尽くされていた。太朗とマール、そして小梅《こうめ》の3人はリンに連れられながら、人ごみを掻《か》き分《わ》けるようにして歩みを進める。マールは人ごみの中を行くのを嫌そうにしていたが、結局はついて来る事にしたようだった。

「よう、そこの兄ちゃん。ちょっと見てってくんな！　帝国最新式の腕時計だぜ！」

「あ～いや、いつもAIと一緒なんで。すんません」

「やぁあんた、宇宙船乗りかい？　見ての通りパイロットスーツがどれも3割引だ。1着どうだい？　試着もできるぞ？」

「い、いやぁ、さすがに7色のストライプは着られないかなぁ。あ、でもそっちの青いのはカックイイね」

「ほら、クォンタム産の高級葉巻だ。本物だぜ？　10本買うなら1本おまけだよ」

「お、それいいな。ベラさんが喜びそうだ。おっちゃん、100本頂戴《ちょうだい》」

「ひゃく!?　ま、まいどあり！」

通路の左右に設けられた露天の数々。良く見ると床に線が引かれており、きちんと区画分けされているのがわかる。太朗は田舎から都会に来たおのぼりさんの様にきょろきょろとあたりを眺め、声をかけられてはそれに返答していた。

「これだよ……俺が求めていたマーケットってのは、こういう奴《やつ》なんだよ！」

満面の笑みで、恍惚《こうこつ》とした表情の太朗。

ネットワークの発達した銀河帝国中央では、直接商品を見て購入するというのは稀《まれ》だった。詳細なホログラフ映像は人間の目で実物と見分けるのが不可能な程には発達していたし、重量や手触り、果ては匂いまでもをネットワーク越しに再現するマニピュレーターも存在していた。確かに不便を感じる事など無いのかもしれない。しかし地球育ちの太朗からすると、それはどうしても物足りなかった。

そんな太朗に、いくらかうんざりした顔で「後にしなさいよ」とマール。太朗はマールが不機嫌なのは知っていた――何より自分がその原因を作った――し、誘導するリンにも迷惑をかけている事も承知していた。しかしそれでも、今はこの活気溢れた空間を手放したくなかった。

「いやいや、ほら、あれ見ろって。超でかい銅像。やばくね？」

子供の様にはしゃぐ太朗。マールはリンに謝罪の目線を向けると、リンがそれに苦笑いを返していた。

その後太朗が満足するまでロビーで過ごした3人は、リンの手配した応接室でしばらくを過ごした。やがて柔らかい快適なソファでくつろいでいると、リンがふたりの男と共に部屋へとやってくる。太朗は見知らぬ顔ぶれに一瞬身を強張《こわば》らせるが、リンが気を利かせてくれたらしく、ふたりの男はすぐに部屋の外へと出て行った。

「さて、テイローさん。最初にひとつお聞きしたい事があるのですが」

太朗の向かい合わせに座ったリン。彼は何かそわそわしたように身体《からだ》を動かすと、一度咳払《せきばら》いをした。

「おほん。えぇと、テイローさんは、その。帝国中央から、来たんですよね？」

思いがけぬ質問。太朗は何の意味があるのだろうかと考えながらも、「はぁ、まぁ」と気の無い返答をした。

「ど、どうやってですか!?」

身を乗り出すようにして、目を見開いたリン。太朗はそんなリンに驚きながらも答える。

「ど、どうやっても何も、普通に飛んで来たぜ？　まだ生身でワープが出来る程ぶっとんだ世界にはなってないよな？」

隣のマールへ視線を向ける太朗《たろう》。マールはまだ怒りが収まっていないのか、不機嫌そうに口を開いた。

「いや、そこで私に振られても面白い返しは出来ないわよ……えぇと、そうね。帝国からディンゴのエリアを抜けて、真っ直《まっす》ぐにここへ来たわよ。それが何かおかしいの？」

マールの声に、ぐっと手を握りこむリン。彼は何かを考え込んだように下を向くと、しばらくの間黙りこくった。やがて何か決心がついたのだろうか、リンはゆっくりと顔を上げた。

「現在、ディンゴがエリアの境界を封鎖しています。今ここは、帝国から完全に切り離されているんです」

深刻な声色。リンはその幼さの残る顔に、深い皺《しわ》を寄せている。

「そいつはまたご愁傷様で……って、え？　俺ら、帰れねぇの？」

きょとんとした顔で太朗。そこへリンが同じ様に「えっ？」と続ける。

「いえ、ですから。テイローさんは最近ここへ来られたんですよね？」

「おう。つっても、もうひと月近く前だけど」

「ディンゴが封鎖を開始したのは、『3ヶ月も前』の話ですよ？」

リンは窺《うかが》うような顔でそう発すると、手にしていたバッグから1枚のチップを取り出した。太朗は差し出されたそれを受け取ると、額に軽く押し当てる。

「アライアンスニュース。ホワイトディンゴがEAP……あぁ、これエコノミーアンドピースの略なのね……に対し圧力を強め、境界ビーコンの停止。艦隊による封鎖を実行。おおう、いわゆる国境封鎖と経済制裁ってやつか？」

チップからBISHOPへと流れ込んで来た、しばらく前のニュース原稿。太朗は「なんだか大変な事になってるなぁ」と他人事のような感想を持つ。

「ザイードルートを通れば帝国へ行けなくもないですが、かなりの大回りになってしまいます。最近はワインドの活動が活発なので、あまりに時間がかかる上に危険です」

リンは応接室に備えられたモニタへ手をかざし、ぱちんとひとつ指を鳴らした。するとこのエリアの星図と思われる地図が現れ、明らかにふざけているとしか言い様の無い曲がりくねった帝国へのルートが複雑な曲線で描かれた。

「ジャンプの出来ないエリアも多いので、帝国まで片道約2ヶ月半の道のりです。これではまともな商売になりません。通過エリアでの関税支払いや経費を考えると、交易品のどれもが非常に割高になってしまいます」

「まぁ、価格競争には100%負けるわなぁ……わんちゃんに金を払って通してもらうってのは？」

「打診は何度もしていますす。が、なしのつぶてですね。ディンゴの要求はアライアンスの解体ですが、それも呑《の》めません。アライアンスが無くなれば、彼はひとつひとつの企業を潰《つぶ》していく事でしょう」

目を伏せ、力ない様子でリン。太朗は彼の言葉から、アライアンスが関所となる境界へ艦隊を派遣していた理由を察した。

「制裁で折れるならそれで良し。ダメでも力を削《そ》げるってやつか……あいつ直情馬鹿《ばか》っぽいけど、そういう所は狡猾《こうかつ》そうだもんな」

太朗は頭の後ろで手を組むと、のけぞるようにしてディンゴを想像した。短い会話しか交わしていないが、彼が直情的な性格であるのは太朗にも良くわかっていた。しかし彼の艦隊運用が優れたものであり、恐らく勢力の管理にも力を発揮しているだろう事も同時に理解していた。ただの馬鹿に人は集まらない。

「ぇえ、そうですね。彼はたった数十年という短い期間で、組織を非常に大きく成長させました。近隣の荒くれ者を一手に引き受ける事で、気付いた時には一大勢力です。厄介者を引き取ってくれるわけですから、ＥＡＰアライアンスも含め、周囲の誰《だれ》も反対しなかったんです。むしろ応援さえしてたみたいですね」

リンはそう発すると、「恥ずかしい話ですが」と後に続けた。太朗はその当時の様子を想像しながら、それも仕方ない事なのかもなと同情をする。ディンゴはあんな性格の為《ため》、周囲の為政者は彼を簡単に操れるものと踏んだのではないだろうかと。ただの想像でしかないが、気持ちはわからないでも無い。治安というものは、大抵の事柄より優先される。

「まぁ、大体の状況はわかったわ。あなた達が何を望んでるのかも。帝国への新しい交易ルートね？」

横に座っているマールが、星図を見ながら口を挟む。リンがそれに無言で頷《うなず》き、同じ様に星図へ視線を向けた。

「このままでは彼の思う壺《つぼ》ですから、なんとか帝国との繋《つな》がりを作らなくてはなりません。我々はアライアンスの内需だけでもやってはいけるでしょうが、体制が内需依存型になるにはかなりの時間がかかります。帝国は外に大きな勢力が出来るのを歓迎しないでしょうし、我々からすれば死活問題です」

神妙な声色のリン。マールが太朗へと顔を向け、「どうする？」とでも言いたげな視線を向けてくる。

「うーん、俺もディンゴは好きじゃないし、出来れば協力してあげたい所だなぁ。でも、今回の航路記録はあんまり役に立たないと思うぜ。なんだかんだでディンゴの勢力圏を思いっきり通過してきたからな。俺達ならともかく、そっちの交易船団が通ったら大問題になんだろ？」

「まあ、そうよね。必要なのはディンゴの影響を受けないルートでしょうから……ねぇ小梅、例の地図からいくつか候補を割り出せない？」

マールの問いかけに、今までじっと黙りこくっていた小梅が「少々お待ちを」と断りを入れた。彼女はしばらく中空を見つめると、やがて口を開いた。

「はい、ディンゴの正確な勢力圏が不明ではありますが、恐らく問題無いだろうと思われるルートはありそうですよ、ミス・マール。博士の観測データと組み合わせれば、より正確なルートの算出も出来るでしょう」

小梅の声に「本当ですか!?」と声を上げるリン。小梅はそんな彼に微笑を送ると、太朗の傍《そば》へと顔を寄せてくる。

「ミスター・テイロー。小梅は現状を、良い商機と愚考します」

囁《ささや》くような声。太朗はそれへ「おうさ」と短く返すと、ライジングサンコープ代表取締役としての笑顔をその顔に作り出した。太朗の事を知らない人間であれば爽《さわ》やかな、そして良く知る人間であれば笑ってしまうような笑顔。

「いやぁ、実は偶然。本当に偶然なんだけど、たまたまこのあたりの非常に精度の高い情報接続マップを手にしてましして。ちょいと無茶な場所からのジャンプも可能だったりするんですよ」

にやにやと、含みを持たせた顔の太朗。リンはそれへ期待のこもった眼差《まなざ》しを向けると、その歳《とし》若い顔に似合わぬにやりとした笑みを作る。彼も商売人であるという事だろう。

「我らＥＡＰアライアンスは、ＴＲＢユニオンと平和的な交渉をする用意があり、必要であればあらゆる支援を約束します。この発言は、議事録としてレコーダーに残しておきましょう」

〈4〉

カツシカステーション内、商業区におけるリトルトーキョー所有モジュールの会議室。リンから無料であてがわれた豪華な造りのそこで、顔を付き合わせるようにしてテーブルを囲むふたりとひとつ。小梅《こうめ》はボディのメンテナンスを行っている最中で、随分と久しぶりに球体の姿となっていた。

「うーん、これだとディンゴのステーションから近すぎる気がするわね。別の出口を算出できない？」

「おっけ。ちょっと待ってちょ……おし、出来たぜ。こっちのスターゲイトから飛べるっぽいな。ここ迂回《うかい》してこっちから行ける」

「ミスター・テイロー。そのG224とされるエリアですが、ドライブ粒子がかなり希薄となっているようです。安全性を考えるのであれば、別ルートを算定するべきではないでしょうか？」

3人が囲むテーブルには、次々とその形を変えていく星路図を映し出すホログラフの姿。

彼らはああでもないこうでもないと相談しながら、実現可能な交易ルートを算出していく。

「ん、なんとかなりそうね。良かったわ……にしても、随分大事になったものね」

新しい航路の算出に一応の目処《めど》が立った頃《ころ》、マールが床へ寝そべるようにして大きく伸びをしながら言った。部屋に入った当初は『床に座る』という行為に散々な文句を言っていた彼女だったが、早くも慣れて来たようだった。

「畳こそねぇけど、これ絶対日本人の影響だよなぁ……」

太朗がそんなマールを見ながら、ぼそりと言った。清潔な絨毯《じゅうたん》の敷かれた床は広々としており、テーブルや何かといった調度品はどれも足を短く揃《そろ》えてあった。床で生活をする前提とした品々は、太朗にとってはどれも馴染《なじ》み深いものばかりだった。

「ニホン人ってのは、あんたの故郷の人だっけ？　リンの言ってた英雄タイガーってのは、もしかするとニホン人だったのかもしれないわね」

マールはそう呟《つぶや》くと、太朗の後ろにある棚へと目を向けた。そこにはカツシカのロビーで見た銅像を小さくした物が置かれており、太朗達の会議を見守っていた。

黄金色のパイロットスーツを来た男の銅像は、手には経済を表す財布を持ち、頭には自制を表すとされる帽子を被《かぶ》っている。ベラのように袖《そで》を通さずジャケットを羽織っており、腹部には縦ストライプのボディーアーマーを装着していた。リンが言うには帝国創立期にこのあたりを開拓した英雄であり、カツシカ星系周辺では守り神の様に崇《あが》められている存在との事だった。

「……いや、これはどう考えてもフーテンのあの人だろ」

　ぼそりと呟くように太朗。リンから話を聞いた際、太朗は「フーテンの!?」と叫んだものだが、その際に受けた周りからの非難めいた視線といったら無かった。彼らからすれば、信じる神を馬鹿にされたようなものだったのだろう。

「人類単一惑星発生説が正しいとすればではありますが、このあたりがミスター・テイローの故郷の者によって切り開かれたという可能性も十分に有り得ると小梅は推測します。名前や文化が数千年に渡っていくらかの残滓《ざんし》を残すというのは考えられる事でしょう」

　球体の小梅が、柔らかい絨毯の上をころころと転がりながらランプを明滅させる。太朗は「そうかもな」と足元へ転がってきたそれを持ち上げると、手の上で弄《もてあそ》んだ。

「記録が残ってないんじゃ、せいぜい歴史のロマン止まりだけどな……そいや向こうの準備はどうだって？」

　マールの方へ顔を向ける太朗。ここがどれだけ安全かは知らないが、万が一に備えてベラとアランをプラムへと残してきている。マールは太朗へ顔だけを向けて来ると、「問題ないわ」と寝そべったままで答えた。

「資材の積み込みは終わってるし、船の修繕も8割方は終了したそうよ。こっちじゃ直せない部品も多いから、そういうのは全部予備と交換ね。明日にも出航できるはずだわ」

マールの返答に、了解の声を返す太朗《たろう》。少し眠たげなマールの声に、今日はここらで切り上げるかと彼は考えた。航路はある程度絞り込まれており、後は実際に現地へ行ってみない事にはわからない。

「んじゃ出発は明後日としますか。各自それまでは自由時間って事で。アランやベラさんにもそう伝えといて」

太朗は小梅へ向けてそう言うと、彼女の「了解」の声を聞きながら自らもその場へと横になった。木の質感を真似《まね》た壁紙の張られた天井が目に入り、その模様をぼんやりと見つめる。

「アルファ・カツシカ交易ラインか……確かに大事になってきたな」

太朗はぶつぶつと呟くと、じんわりと込み上げてきた眠気に身を任せる事にした。


〈5〉


待機《スタンバイ》モードとして極微量の粒子を反応させているだけに留《とど》まっていた反応炉が、主の命令により大量の重水素を融合させ始める。失われた質量がエネルギーに変換され、正の電荷を持った原子核が電気へと生まれ変わる。

「エネルギー出力安定。エンジン稼動状況問題無し《システムグリーン》。発艦準備完了です」

メンテナンスを終え、新品同様となった小梅のボディ。その口から、いつも通りの口上が述べられる。

「あいさ。ステーションの連絡は？」

「発艦許可、離脱機動、両方送られてきてるわ」

「おし。ほいじゃプラムⅡ、いっきまーす」

太朗は軽いノリでそう発すると、プラムⅡの発艦関数を起動させる。

――発艦関数　実行――

発艦関数を受け取った船体は、それに内包された各種数十万もの命令群を次々と実行していく。高度に自動化されたプログラムが船体のあらゆる設備を最適に動作させ、その出力結果をディスプレイ越しに乗組員へと報《しら》せてくる。

「システムオールグリーンです、ミスター・テイロー。環境側も問題はありません」

「了解。恒星が荒れてると面倒だからなぁ。あらゆる計算が面倒になるぜ」

「恒星カツシカは安定期に入ってるから、ここ数百年はまず大丈夫よ。それよりテイロー、リンから通信が入ってるわ」

太朗はマールの指摘に「あいさ」と応じると、意思の一部をＢＩＳＨＯＰへと向けた。モニタを見ても良いのだが、寝そべった体を起こすのが面倒だった。わずか3日ばかりのカツシカステーションでの滞在だったが、彼は床で生活する事の素晴らしさを思い出してしまっていた。

「こちらプラムⅡ。リン、そっちはどうよ」

通信機へ軽く指を触れ、モニタの位置を足で調節する。それを見たマールが無作法について咎《とが》め、太朗はしぶしぶながらも身体《からだ》を起こした。

『こちらバルクホルン。発艦は問題ありませんでした。そちらも順調そうですね』

太朗はディスプレイに映ったリンへと手を振ると、自由変形するアームに支えられたもう一台のモニタに外部出力を接続した。すぐさま船外の様子が映し出され、複数のフリゲートに囲まれたリンの搭乗する巡洋艦バルクホルンの平たい船体が目に入る。頭でっかちで縦に長いその船体は、まるでタツノオトシゴの様だと太朗には思えた。

「巡洋艦バルクホルン。小梅の台詞《せりふ》じゃねぇけど、まじ強そうな名前だよな……でもその名前と形で高速船ってのが納得いかねぇ」

『あはは、良く言われます。名付けたのは父なので、文句があればぜひそちらへ』

「いやあ、遠慮しとくよ。誰《だれ》かの親御さんに会うのは、結婚の申し込みをする時だけだって決めてんだ。それよりそっちの船とのリンクをもらっていいかな？」

『あ、はい。了解です。不慣れですいません』

太朗は顔を赤らめるリンに「気にしなさんな」と笑顔を送ると、マールや小梅と割り出した航路予定図を眺めた。そこには複雑に描かれた直線の集まりではあるが、間違いなく帝国へと通じる1本の道が描き出されていた。

「こんだけ複雑だと、普通は通りたくねえよな」

ぼそりと呟く太朗。それに「それはそうでしょうね」と無表情な小梅。

「ニューラルネット切断による分断が無ければ、スターゲイトを使用したもっと良いルートがいくらでもあります。現に我々でさえ、ディンゴの封鎖が無ければ見向きもしませんでしたしね」

小梅の説明に「まぁねぇ」と同意する太朗。彼はようやくバルクホルンから送られてきたリンク関数を受け取ると、さっそくそれを実行した。

「あ、事前にもう飛ぶぞって言っとくべきだったな……ま、いっか。気付くだろ。リンクのフィードバック行くし」


――ドライブリンク　10隻　リンク完了――

――リンク：姿勢制御　実行――

プラムの、すなわち太朗やマール、そして小梅の弾《はじ》き出した座標が各船へと送られ、ジャンプ先へ向けて全《すべ》ての船が同時に船体を回頭させ始める。ライジングサンの3隻と、リトルトーキョーの7隻。いち早く旋回を終えたリトルトーキョーのフリゲート6隻が前へ出て、自然と艦種のサイズ順に並ぶ形となった。フリゲート艦、駆逐艦、そして巡洋艦。

――目標　SG1221KT　スターゲイト――

——オーバードライブ　実行——

引き延ばされる空間。震える船体。普段どおりの流れ。しかし——

「……うおお、珍しい事になっとるぞ！」

オーバードライブの最中、太朗がモニターへ顔を寄せて叫んだ。何事かと顔を向けてくるマールへ「外、見てみ」と太朗。

「外って何が……うわ、ほんとだ。なにこれ、こんな事あるの？」

モニターを見つめたまま、驚きの表情を見せるマール。そこに映っているのは、プラムⅡのやや後方へ位置する巡洋艦バルクホルンの姿。まるで並走しているかのように、超光速空間を隣り合わせている。

「これは珍しい現象ですよ、ミスター・テイロー。ジャンプのタイミングが全くの同時になった場合、理論上は起こりえる現象です。許容誤差は、確か25万分の1秒だったかと記憶しています」

小梅の説明に、感嘆の息を吐くふたり。

「へぇ～。ドライブ理論なんてまともに勉強した事もないけど、こんな事もあるのね。同じ速度って事は、バルクホルンに積まれてるドライブ装置もプラムと同じ物なのかしら。型が少しでも違えばこうはならないわよね？」

「えぇ、そうなるでしょうね、ミス・マール。ですが酷使の度合いが違うようです。船の距離は徐々に離れていっていますね」

「お、ほんとだ。ちょっとずつ遠くなってってるな……まぁ、考えてみりゃ当たり前か。こっちは新品同然だもんな」

プラムⅡは激しい戦闘こそ経験したものの、建造されてからまだ数ヶ月しか経《た》っていない。船の寿命は一般的に30年前後は持つものとされており、プラムⅡはまだ新造艦と呼ぶに相応《ふさわ》しい時間しか運用されていなかった。

「そいや頭痒《かゆ》くなるんで深くは勉強してねえけど、ワープってのは空間を引き延ばしてるんだっけ？」

徐々に小さくなっていくバルクホルンから目を離し、小梅《こうめ》の方へ顔を向ける太朗。小梅がそれに「えぇ」と続ける。

「大まかに言えば、そうです。正確に伝えるにはドライブ粒子の振る舞いから説明する必要がありますが、それは割愛しましょう。ミスター・テイロー、量子力学についての知識はおありですか？」

首をかしげて問う小梅。それに「あると思う？」と太朗。小梅はわざとらしく溜息《ためいき》をひとつ吐《つ》くと、「では」と続ける。

「簡単にいきましょう。量子というのは、それが観測されるまであらゆる可能性が同時に存在するとされています。どこにいるかも、どのような状態にあるかも、全てが同時に存在しています。一般の生活における常識と矛盾しているように聞こえるかもしれませんが、事実なのでそういう物だと思って下さい」

小梅の説明に「なんのこっちゃ？」と無垢《むく》な視線を向ける太朗。小梅はおよそ機械らしからぬ溜息を再び吐くと、マールの方へと向き直った。

「量子のそういった特性は、粒子。すなわちミクロの世界での振る舞いであり、我々が直接触れ合っているマクロの世界では、おおよそ起こりえません。これはシュレディンガーの猫という譬《たと》え話で良く知られていますね」

「えぇ、知ってるわ。量子が特定の位置で毒を発生させるスイッチを押す機械があったとして、観測者のいない箱の中にネコと装置を閉じ込めたらって奴《やつ》でしょ？　全ての可能性が存在するのであれば、ネコは生きてるけど死んでる状態っていう意味のわからないものになるのかって」

「猫を粗末にするなぁ！」

会話に参加できず、とりあえず叫ぶ太朗。「いや、主題はそこじゃないし」と取り合わないマール。

「さすがです、ミス・マール。おっしゃるように、マクロの世界で量子の振る舞いは無視される程度しか影響を及ぼしません。しかし例外があります」

言葉を止めた小梅に「ドライブ粒子ね？」とマール。小梅は満足気に頷《うなず》くと、「その通りです」と続けた。

「オーバードライブの開発実験から見つかったのでそう呼ばれていますが、正式には空間粒子。または可能性量子とされています。ある物質がその場所へ存在する可能性を決定付けるとされている粒子ですね。オーバードライブはこれを利用しています」

小梅が手をあおぐと、大型スクリーンの右端に太朗を模したアバターが表示された。

「通常、ミスター・テイローがこの場所に存在するという可能性を動かす事は出来ません。数学的に言えば１００％では無いかもしれませんが、現実問題として確実です。ドライブ粒子を利用しても、それは動きません」

言葉を区切ると、もういちど手をあおぐ小梅。すると今度は画面の左端に、半透明の太朗が映し出される。

「ですが、ある場所における存在可能性を強くした上で、現在の場所での存在可能性を下げた場合は別です。ドライブ粒子は事象の整合性を保つため、これらを空間ごと物理的に移動させる事で矛盾を解決しようとします」

画面右にいた太朗の姿が横へ引き延ばされ、半透明の太朗の上へと移動し、重なる。

「これが我々がジャンプと呼ぶ、いわゆるワープですね。粒子の特性上、移動先に大きな質量が存在する場合はワープそのものが起こりません。既に別の物が存在する可能性で満たされているわけですから、そこへミスター・テイローが存在する可能性を加えるのは不可能です。逆も同様で、地上やステーションでワープが行えない理由でもありますね。宇宙空間並みの真空を広範囲に作り出せるのなら別ですが」

小梅はそう締めると、ゆっくりとお辞儀をした。太朗《たろう》はなんとなくしか理解が出来なかったが、マールはそうでは無かったらしい。ぱちぱちと拍手を送っている。

「ありがとう、小梅。興味が出たから、今度ドライブ理論についても勉強してみるわ。ちなみにだけど、ディ・ホワール統一論についての解釈って小梅的には――」

何かマールの琴線に触れるものがあったのか、別の理論についての説明を求めるマール。太朗はアカデミックな会話に興味が無いわけではなかったが、さすがについて行けないと早々に諦《あきら》める事にした。教育レベルに数千年――少なく見積もってだが――のブランクがあるわけで、きっと誰も責めたりはしないだろうと自分に言い訳をして。

――オーバードライブ　終了――

マールと小梅の科学談義を子守唄《うた》にうとうとし始めた頃《ころ》、ＢＩＳＨＯＰからの報告にはっと目を覚ます太朗。彼は眠気を覚ます為《ため》に頬《ほお》をぺちぺちと叩《たた》くと、モニタに外部の様子を映し出した。

「…………おおう、なんじゃこりゃ」

外の様子を見て、思わず固まる太朗。

モニタに映し出されたのは、破壊され、今もなお火を吹き上げているスターゲイトの姿。平たく長いそれは3つに分割され、大きくひしゃげている。あたりには大量のデブリが舞い、元が宇宙船だったと思わしき残骸《ざんがい》もいくつか見受けられた。

「酷《ひど》い……こんな事って……」

手で口を覆い、モニタを見つめるマール。太朗はただ事では無いと体を起こすと、バルクホルンに対する通信を送る。

「な、なぁリン。これ、どうなってんだ？　尋常じゃねぇぞ？」

しばらくして、モニタに映し出される慌てた様子のリン。彼はその近くを歩き回る部下達と何やら話し合うと、画面の方へと向き直った。

『テイローさん……大変な事になりました』

普段は優しい良く通る声が、それとわかる悲壮感へと変わっている。太朗はごくりと生唾《なまつば》を飲むと、リンの続きを待った。

『先ほど、ホワイトディンゴが正式にＥＡＰアライアンスに対する宣戦を布告しました。残念ですが、戦争になりそうです』


〈6〉

戦争。

21世紀の平和な日本に生きていた太朗にとって、それは単にテレビの中のアナウンサーが発するだけの言葉に過ぎなかった。義務教育中に習う戦争は最も新しいものでも、曽祖《そうそ》父《ふ》らの時代にあった遠い出来事だった。

「戦争て……えっと、どうすればいいんだ？　引き返す？」

あたふたと、所在なげに手を動かす太朗。彼は実感を伴わないその言葉に戸惑うが、モニタに映った無数の残骸が現実を見せつけてくる。

『いえ、むしろ先を急いで頂けるとありがたいです。アライアンスは僕なしでも動きますが、航路はテイローさん達の協力無しではどうにもなりません』

ディスプレイ上のリンは悲しげな表情でそう言うも、芯《しん》を感じる声で続けた。

『アライアンス領は広く、戦いは間違いなく長期戦になります。現在の閉じた星系では補給もままなりませんから、一日も早く帝国との航路が必要となります。テイローさん、どうかこの通りです』

モニタの向こうで、深々と頭を下げるリン。彼に気付いた側近達が慌てて居並ぶと、次々と同じように頭を下げ始めた。

「い、いや。ちょっと待って。その、気持ちはわかるけどよ。俺がこの場で即答していいような話じゃ無くなってるぜ……少し、時間もらっていいかな？」

太朗は返答を待たずに通信をオフにすると、格納庫控室との内部通信を繋《つな》げた。

「アラン、聞こえてたか？　なんか偉い事になっちまった。せ、戦争だってよ。これ、どうすりゃいいんだ？」

『おう、聞いてたぞ。どうするったって、お前はどうしたいんだ？』

「う、そう来たか……そらディンゴはいけすかねぇし、なにより残りふたつの観測ポイントがＥＡＰアライアンスの領土だからなぁ。ディンゴが素直に調査させてくれるとも思えないし、個人的にはＥＡＰに味方したいトコだけど」

太朗は交易ライン構築の見返りとして様々な約束をリンと交わしていたが、観測データの引き渡しもその中に含まれていた。ＥＡＰアライアンス領がディンゴの手に渡るとなると、ディンゴの顔色を窺《うかが》いながらの行動とならざるを得ない。

『それに関しては交渉次第だとは思うがな。あの手の男は約束事には真摯《しんし》だったりするもんだ。それよりどういった形にせよ企業間戦争に関《かか》わるのであれば、ユニオンの立ち位置を明確にしておく必要があるぞ』

「うぐ、だよなぁ……補給ラインをＥＡＰ側に提供しておいて『我々は戦争には無関係です』とはいかねぇやな。わんちゃんブチ切れるだろ」

『当り前だろう。今回の場合、勝敗に大きく関わって来る可能性が高い』

アランの返しに「むぅ」と唸《うな》り声を上げると、太朗は腕を組んで考えた。

正直なところ、散々な目に遭わされたディンゴに対しては確かに憎いと感じている。しかし殺したい程かと聞かれると、さすがにそこまでは無い。仲間の誰《だれ》かが殺されたわけでも、脅かされているわけでも無いからだ。また、太朗は軍事知識こそ持っていたが、軍人では無く、国家の命令という錦《にしき》の御旗《みはた》があるわけでも無かった。

「うーん、駄目だ。やめとこう。戦争になれば無関係の人が大勢死ぬだろうし、その片棒を担ぐのも嫌だ。何より社員は巻き込めない」

太朗は申し訳ない気持ちを堪えながらそう決断すると、インカムの通話ボタンへと手を伸ばそうとする。するとそこへ『何故《なぜ》だ？』というアランの短い声が届く。

「何故って、いやいや。戦争だぜ？　お互いの生存を賭《か》けてドンパチやるんだぜ？　社員のみんなだって殺したくないし、なにより殺されたくねぇだろ」

『ふむ。殺し殺されについてはその通りだが、自衛の為なら仕方が無いだろう。船に乗っている以上、誰もが覚悟してる事でもあるしな。だがお前、アルファ星系の人間がどうなっても構わないのか？　ディンゴの勢力が拡張すれば、いずれ間違いなくアルファにもやって来るぞ。そこの社員はどうする？』

アランの指摘に、インカムへと伸びていた手をびくりと止める太朗。助けを求めるようにマールへ視線を向けると、彼女が口を開いた。

「私は、基本的にはあんたと同じく反対よ。でも向こうから襲ってくるって言うなら、迎え撃つ心構えはあるわ。無関係の人が大勢死ぬって言うのは良くわからないけど、少なくとも社員はそれを承知で入社して来てるわよ。あんたも知ってるでしょ？」

マールが言っているのは、外宇宙へ向かうと決めた際に改めた、社内の規定と新人の募集要項。そこにはワインドとの戦いや、企業間の争い事に巻き込まれる可能性についてが書かれており、ほとんど全員がサインをしている要項だった。

「そうだよなぁ……けど、どうすんだ。ディンゴのステーションを砲撃しろって言われて、マールはできんのか？」

「出来るわけないじゃない。っていうか、なんでそんな事するのよ」

「即答かよ！っつうか、なぜって――」

太朗が続きを発しようとした所に「ちょっとよろしいでしょうか」と小梅《こうめ》が割って入ってくる。

「皆様の会話を聞かせて頂いておりましたが、何か大きな食い違いが発生しているように思われます。特にミスター・テイローの語るそれが、我々の常識と乖離《かいり》しているように感じます。ミスター・テイロー、戦争についてどう捉えているのか、お聞きしてもよろしいでしょうか？」

小梅の声に、お前は何を言ってるんだと片眉《かたまゆ》を上げる太朗。

「戦争っつったら、さっき言った通りだろ。ふたつの国家が……えぇと、ここだと勢力って言えばいいのか？　それがお互いの要求を呑《の》ませる為に、武力で決着をつけようって奴《やつ》だろ。本当は軍同士だけが戦うんだろうけど、実際はそんなこたあねぇわな。都市部が戦場になる事もあるし、生産拠点なんて真っ先に狙《ねら》われるだろうし」

　そう説明すると、相手の反応を待つ太朗。不可解そうに眉《まゆ》を寄せるマールが、首を傾《かし》げながら口を開いた。

「何よそれ。そんな事したら一般人が大勢死ぬじゃない。あんたの所の戦争って、そんなに酷いもんなの？」

　マールの返しに、さすがに驚きの表情を作る太朗。そして何かがおかしいと、彼は手をくるくると回す事でマールに続きを促した。

「ニューラルネットに第1級登録されてる全《すべ》ての宇宙ステーションとスターゲイト、そして全ての帝国臣民。これらは全て銀河帝国の資産よ。戦争に参加してるコープの社員は別だけど、それ以外を傷つけたら帝国軍が黙っちゃいないわ。前もどこかのアウトローコープがライバルコープの小型ステーションを爆破したって事件があったけど、3日後には帝国軍の本隊がやってきて、そのコープの全てを破壊してったわ。文字通り、全て」

　マールの説明を、ぽかんとした顔で聞く太朗。マールは本当に聞いているのかしらとでも言いたげな、訝《いぶか》しむ表情で続けた。

「戦争は……あんたの場合、『コープ同士の戦争は』とでも言った方がいいのかしら。基本的には、交戦する組織の構成員以外は参加しないわ。工場や裏方が襲われる事もあるけど、普通は壊したりはしない。奪おうとしてるものを壊してどうするのよ」

そう言って、肩を竦《すく》めてみせるマール。太朗はマールに「そっか……」と短く返すと、彼女の言葉をしばし頭の中で反芻《はんすう》した。今ひとつ実感の湧かない事実ではあるが、どうやら太朗の知っている常識と、銀河帝国の常識とに、小梅の言う通り大きな乖離があるらしい。太朗は自分がアイスマンであるという事実をはっきり認識すると、考えを整理して改める事にした。

「銀河帝国があるから、戦争の形も違うのか……なぁリン、この壊されたスターゲイトってのは、第1級じゃないスターゲイトなん？」

切っていた回線を繋ぎ、そこにいるリンに声をかける太朗。

『えぇ、そうですね。これは我々EAPアライアンスの所有物ですから、第3等級となります。民間所有のステーションです』

期待の眼差《まなざ》しと共にリン。太朗はリンの返答に頷《うなず》くと、今度は「ベラさん」と続けた。

「戦争になった場合、ディンゴがすぐにでもアルファへ攻め込んでくる可能性はありますかね？」

『お、やる気になったのかい、坊や。そうさねぇ……EAPアライアンスに比べれば、うちらのユニオンは小物も小物さ。戦力を前後に分ける程ディンゴも馬鹿《ばか》じゃないだろうから、あるとすればアライアンスを食った後だろうね』

「なるほど……アラン、正直に聞かせて欲しいんだけど……EAPとディンゴ、どっちが優勢？」

『おいおい、俺は元軍人だが軍学者や政治家じゃねぇんだぞ……だが、そうだな。ニューラルネットで公開されてる経済力で言えば、7対3でEAPの勝ちだ。だが金があっても船を買えない現状じゃあ、まず負けるだろうな』

「うへ、となるとこいつぁ、『責任重大』だな」

少し大袈裟《おおげさ》に、とぼけた表情で言う太朗《たろう》。太朗の言葉に、ぱぁっと明るい表情を見せるリン。しかしすぐ後に続いた「ただし戦争には参加しない」という太朗の断言に、彼はがっくりと肩を落とした。太朗はそんなリンを横目に見ながら、「俺らは」と続ける。

「あくまで地元のアルファ星系へ帰るだけだ。それ以上でも、以下でも無い。そこをたまたまEAPアライアンスの船がこっそり後を付けてきてたとしても、それは俺達の知ったこっちゃ無いね。その船にたまたまEAPのトップが居て、たまたま通り道が交易ルートに最適だったりするかもしれねえけど」

ぶっきらぼうに言い放つ太朗。マールと小梅がにやりと笑い、リンの顔に再び希望が灯った。

「もし犬野郎が難癖付けて来ても、基本的には知らぬ存ぜぬで。ただし、俺達に襲い掛って来るような事があれば——」

頬《ほお》をぽりぽりと掻《か》く太朗。目はぼんやりと空を見つめる。

「まあ、やるしかねえよな。宣戦布告でもなんでも、受けて立ってやろうじゃねぇか」

破壊されたスターゲイトを離れ、約半日後。分厚い扉で厳重にロックされた部屋の中央で、じっと立ち尽くす影がひとつ。そこへもうひとつの影が歩み寄り、そっと傍《そば》で止まる。

「ときにミスター・テイロー。私が言わんとしている事は、わかりますね？」

無表情のまま、ゆっくりと話す小梅。薄暗い照明が彼女の顔に影を作り、暗く、沈んで見える。

「ん、まぁな。次におまえは『なぜそこまでするのですか？　ミスター・テイロー』と言う！」

太朗はあえて明るく振る舞うと、びしりと小梅へ指を差して見せた。小梅は無表情のままその指を見つめると、太朗の向こうに見えるオーバーライド装置へと視線を移した。

「貴方《あなた》が使うオーバードライブはあれとは別物ですよ、ミスター・テイロー。波紋の力ではなく、科学です。ですが、聞きたい事は正解です。地球というのは、そこまでして見つけ出したい物なのですか？」

　小梅の質問に、ちっちっと指を振って見せる太朗。

「別に地球の為《ため》だけってわけじゃねぇよ。こんなんでも社長だからな。皆の為に……っと、違うな。そう胸を張って言えたら格好いいけど、多分自分自身の為だな。怖いんよ」

　太朗はオーバーライド機能のついた不思議な冷凍睡眠装置へ近づくと、そっとそれに触れた。ひんやりとした質感が指先から伝わり、少し鳥肌が立つ。

「ぶっちゃけ全部投げ出したいって思ってるよ。自分のせいで誰かが死んだりとか、誰かを殺さなくちゃいけなかったりとか、そういうのを考えると怖くてたまんねぇよ………だから、事前にやれる事があるなら、そいつはやっときたい。ちょっと忘れっぽくなるだけで人の命が救えるんなら、それも有りだろ」

「そういう物でしょうか。小梅には良くわかりません。ＡＩだからでしょうかね？」

「いや、俺に聞かれてもそれはわかんねぇよ………でも、俺はそう思う。この前戦争についての話を聞いて、そりゃ地球の戦争と違うってのは良くわかったさ。でも、殺し合いをするってのに変わりはねぇわけで……やっぱどんな形にせよ部下に死ねって命令する以上、俺にも覚悟が必要だよ」

「そうですか………しかし事前に相談しておかないと、またミス・マールがお怒りになりますよ？」

「いや、言っても絶対許可してくんねぇだろマールは……その、出来れば――」

黙っていて欲しいと続けようとする太朗。それに片手を上げ、太朗の続きを制する小梅。

「誰にも言うつもりはありませんよ、ミスター・テイロー。民間軍事についての知識全般、企業間戦争における戦術や戦略のオーバーライドでよろしいですね？」

表情の無い小梅が、どこか悲し気に見える顔で言う。太朗はそれを見ながら「悪いな」と答えると、無言のまま冷凍睡眠装置へ腰を下ろした。

静かに目を閉じると、やがて首筋に小さな痛みが走った。

前回と違い、今回は何の苦痛も感じなかった。


〈7〉


ホワイトディンゴの躍進は、リンの父による所が大きい。

かつてリトルトーキョーの社長として手腕を発揮していたリンの父は、犯罪者やその予備軍の受け入れ先としてディンゴの成長を後押ししたらしい。今になって思えばなんでそんな事をと思うが、当時はそれが最善だったのかもしれない。リンはいつかそれについての詳しい話を聞いてみようとは思っていたが、厳格な父にそれを尋ねるのは中々に勇気のいる事だった。

「アライアンス領の数ヶ所において、小艦隊同士の戦闘が発生しているようです。いまだ小競り合いとの事」

部下による報告。リンは意識を現実に戻すと、「ありがとう」とそれへ返した。BISHOPによる通信データの解析はリンの最も得意とする所であり、報告の内容は既に知っていた事実ではあったが、だからといって礼を言わないまではないとリンは考えていた。

「機関出力停止。炉心出力5%……リン様。本当に大丈夫なんでしょうか？」

窺《うかが》うような声色。リンの信頼する昔からの副官であり、確か60近い年齢だったとリンは記憶している。彼はどんな時でも常に傍にいて、リンのあらゆる世話をしてくれていた。子煩悩らしく、話によるとリンのおむつを換えた事すらもあるらしい。彼のがっしりとした体格と厳《いか》めしい顔つきを考えると、リンにはそのギャップがなんともおもしろく思えた。

「どうなんだろうね……でも、僕は信じるよ」

部屋の照明が暗く落とされ、指令室は薄暗いレーダースクリーンの表示だけがぼうっと明るく浮かび上がっている。スクリーン上には味方を示す10の光点と、識別不明である黄色い1つの光点。

「行ってくれ……早く行ってくれ……」

リンは祈るようにして手を組むと、ぶつぶつと呟《つぶや》くように発した。レーダー上の黄色い光点は味方のいるこのあたりへ向けてゆっくりと近付いて来ており、レーダーの表示倍率は既に最も小域へと切り替えられていた。つまり船は、ほとんど至近といっても良い距離にいる事になる。

「シールド発生装置へまわす電力すらも供給されていません。今攻撃されたら一巻の終わりですよ？」

「わかってるよ、ハルトマン。でも他《ほか》に良い方法が無いのも事実さ」

新航路開拓の為、ディンゴの影響圏をかすめるようにしてアルファ星系へ向かっているリン・テイロー艦隊。旅路は太朗の牽引《けんいん》により順調に足どりを進めていたが、全く問題が起こらないというわけでも無かった。現に今、ディンゴの哨戒《しようかい》戦闘艦がごく間近へと迫っている。

「リン様……敵艦が目視できます」

窓際に座るひとりのレーダー担当官が、恐る恐るといった様子で発した。宇宙で音を心配する必要は無いのだが、誰《だれ》もが物音を立てる事を嫌がっていた。

「本当だ……誰か、艦種に詳しい者はいるか？」

リンの声に、彼のお目付け役であるハルトマンが無言で手を挙げた。彼は特殊ガラスで作られた窓際へ歩み寄ると、鋭い鷹《たか》の様な視線で外を見つめ始めた。

「IF社製フリゲートのポーンですね。テイロー殿の読みは正しかったようです」

ハルトマンの柔らかい声に、安堵《あんど》の息を漏らすリン。フリゲート艦ポーンには、バルクホルンのように目視出来る窓がついていない。リンは事前の通信により、遠方に発見した不明艦がポーンであろう事を太朗から聞かされていた。そして現在、視認されないという事は非常に重要な事だった。

「さすがテイローさんだ……それにだよ、ハルトマン。信じられるかい？　彼はこれだけの偽装をたった1隻でやってるんだ！」

嬉々《きき》とした表情で語るリン。彼はそう言うと、窓の向こうに並ぶ僚艦達の姿を見つめた。バルクホルンを含め一列に並んだ艦隊は、じっと哨戒が過ぎ去るのを待ち続けている。

リンは初めて太朗の経歴を聞かされた時、衝撃を受けた。確かに自分よりも年上ではあるが、それでも子供とカテゴリされるだろう年頃《としごろ》。そうであるのにも拘《かか》わらず、彼はわずかな時間の間に、それも自分の力で組織を作り上げていた。既に出来上がっていた組織を親から譲られたリンとは、対照的だった。

それにリンは自分がある意味ただのお飾りである事を自覚していたし、それを変えられないでいる自分にも情けなさを感じていた。まだ若すぎるという点は痛い程理解していたし、助言という名目で命令を与えてくる役員よりも良い判断が出来るとも思っていなかった。しかし、だからといってそれを理由に悔しいという気持ちを無くす事は出来ないし、現状に甘んじ続ける事が出来る程に怠惰な性格でもなかった。

だからリンには、太朗が輝いて見えた。

自分で決断し、実行し、責任をとり、成功させる。言葉にすればいとも単純だが、その実何よりも難しいそれらを、彼は飄々《ひょうひょう》とこなしているように見えた。

「これだけの数の船をひとつ残らずステルス化してるんだ……まるで電子戦機のようじゃないか、ハルトマン。通常型の巡洋艦で、いったいどうやってるんだろう?」

はてなと首を傾《かし》げるリン。考えても答えが出ない疑問だとは思っていたが、よほど強力なステルス装置を積んでいるのだろうかと推測した。

「凄《すご》い人だよね……まるで英雄タイガーみたいだ。危機へふらりと現れて、事件を解決して去って行く……あ、まだ解決してはいないね。ふふ、でもそうなるといいな」

リンは憧《あこが》れを持った視線をプラムⅡへ向けると、そこにいるだろう太朗の姿を英雄タイガーのそれと重ね合せた。ふたりは似ても似つかなかったが、少なくとも髪の色は同じだった。そしてリンにとって、それだけで十分だった。


一方巡洋艦プラムⅡの艦橋でBISHOPを操っていた太朗は、早くも自身の発案による作戦を後悔していた。

「これ……きっつい……話す余裕が……田中《たなか》さん……たすけて……」

太朗のBISHOPに集まる、膨大な量の環境情報。リアルタイムで微量ながらも変化していくそれを、太朗《たろう》は全《すべ》て適正な値になるよう計算し続けている。本来はステルス装置によって行うべき作業を、彼はスキャンスクランブラを使う事で無理矢理成し遂げていた。並行して処理しなければならないタスクの量は、約40。全ては、哨戒船の放っているスキャン粒子を、太朗達の艦隊が存在しなかった場合の形で素通り、ないしは送り返す作業だった。

「別に話さなくったって死にはしないわよ、テイロー。集中してもらってて構わないわ。タナカさんが誰だかは気になるけど……………うーん、ホントに大丈夫なの？」

真《ま》っ暗闇《くらやみ》の中、太朗へ心配そうに声を掛けてくるマール。現在バッテリーのほとんど全てをスキャンスクランブラへと送っている為、プラムⅡの中はどこもかしこも暗闇に包まれていた。

「い、いける……あと5分くらいなら……いける……」

太朗は会話へ意識を使うのをもどかしいと思いつつも、それを強烈に欲していた。窓の無いプラムの船内は完全な闇に等しく、それは孤独を連想させた。

「小梅《こうめ》……向こうの様子は……どうすか、ね？」

太朗は暗闇のどこかへいるはずの小梅へ向けて、なんとか発した。小梅はプラムⅡのカメラを直接自身の目とリンクさせる事が出来る為、暗闇だろうがなんだろうがお構いなしに周囲を観察する事が出来る。

「はい、ミスター・テイロー。対象がこちらに気付いた様子はありませんね。これが偽装だとすると至近距離からの痛打を受ける形になりますが、その可能性は低いでしょう。少なくとも向こうは確実に撃沈される事になるでしょうから」

「まあ、そうよね。ディンゴのあんな性格で命を投げ出すくらい士気の高い部下がいるとしたら、私はそっちの方が驚きだわ」

マールは『あんな性格』の部分を実に嫌そうな声でそう発すると、シートの上で身じろぎをした。太朗の耳に布ずれの音が届き、妙に色っぽいなと場違いな感想を持つ。

「しかし……1機でよ、良かった……さん、さんかく……なんとか」

「仰《おっしゃ》りたいのは三角測量ですね、ミスター・テイロー。確かに離れた1隻と情報の照らし合わせをされていたら、間違いなく見つかってしまっているでしょうね」

「ステルス装置と違って、あくまで指向性をかけたスクランブラだもんね……ん、やっぱり私も手伝うわ。タスクをふたつばっかり開けて頂戴《ちょうだい》」

呆れと感心の混ざった様子のマール。太朗はＢＩＳＨＯＰ上に現れた割り込み要請を確認すると、「助かる」と短く返しながらタスクを解放した。するとすぐに太朗の無機質なＢＩＳＨＯＰ上に『カワイコちゃん』と書かれた特殊関数群が現れ、太朗が処理し続けている無数のブロックのうちのふたつを連結処理し始めた。助力によって削られたのは全体のわずか5％に過ぎないが、太朗はずっと気が楽になった気がした。

「う、これ地味にきついわね……なんであんた、こんなの40も並行してやれるのよ」

「何故《なぜ》って……いわれても、な……フヒヒ……」

「止《や》めなさいよその笑い方。ぶっちゃけ気持ち悪いわよ」

　スキャンのスクランブルを開始してから、およそ30分が経過。マールの手伝いが入った後も15分ほど続いたそれは、待ちに待った小梅の一言により終了となった。

「対象、予定エリアを通過しました」

　太朗は「いよっしゃ！」と叫ぶと、タスクの数を10まで減らす事にした。一列に並び密集しているリン・テイロー艦隊は、敵から見ればそのほとんどがプラムとバルクホルンの陰に隠れてしまう。スクランブルをかける必要があるのは、その2隻だけで済む。

「なんとか気付かれずに済んだわね……しかしいきなりエンジン止めろって言われた時は、正直こいつどうしちゃったのかしらって思ったわ」

「前の戦いで、ホワイトディンゴの船はInfiniteFactory社系列だって気付いてたからな。直接目視できないタイプの船だから、やれるんじゃねぇかって」

　オーバーライドされた民間船舶の知識。勝手に上書き《オーバーライド》を行った負い目から、なるべくマールの顔を見ない様に話す太朗。彼はちらりとマールの顔を盗み見るが、特に何かに気付いた様子は無さそうだった。

「ん、感心感心。ちゃんと勉強してるのね。最近夜に閉じこもってる事が多いけど、そういう事？」

「え？　あ、あぁ。そうやね。ちょっとずつでも勉強しねぇと、商売なんてやってらんないしな……しかし上手《うま》い事いって良かった。見つかってたら面倒だったろうし」

艦隊がディンゴの哨戒船と出会ったのは、ディンゴの影響圏よりかなり離れた場所。1隻を相手に勝利を収める事は簡単だが、そうなれば間違いなくディンゴの目がこのあたりを向いてしまう。交易経路は1秒でも長く秘匿される事が望ましく、無駄な注意を引くのは望ましくなかった。

「全く以って同意しますね、ミスター・テイロー。保身を考えて艦隊を分割したりせずに、まとめておいたのは正解でしたね。非常にまずい事になっていたでしょう。しかしディンゴがこのあたりまで哨戒させているとなると、ルートの一部を変更する必要があると小梅は考えます」

人間のように顎《あご》へ手をやる小梅。そんな小梅の発案に、同意の頷きを返すふたり。

やがて時間と共に相手のスキャン圏外まで完全に逃れると、船内はようやく本来の明るさを物理的に取り戻した。乗組員達は文明の明かりに喜びの声を発すると、さっそく再計算された別のルートへ向けて船を走らせる事にした。別ルートは活動の活発な恒星が傍《そば》にある為《ため》に避けたいとされていた地域を通る事になるが、しかし背に腹は代えられなかった。

「確か戦時に使う指向性のビーコンがあったよな。秘匿性の高いやつ……ここいらに配置すれば活動期の影響計算も楽になるかね」

太朗は新しく手に入れた民間軍事の知識を、出来るだけ秘密にしながらも十分に活用する事にしている。基本的には勉強の成果だという事にしたが、どうしても深い知識を用いる必要がある時には小梅の発案という形にした。そういった形での知識の利用は、小梅を除いて誰に褒められるという事も無かったが、太朗はそれでいいと思っていたし、実際に満足していた。

「あっ……なんてこった！　アンセンサードにゃんにゃん動画、見るの忘れてた！」

「はいはい、戦争が終わったらね」

銀河のはずれの小さな空間。恐らく帝国領土の1万分の1にも満たないだろうその小さな場所で、リンと太朗の艦隊は這《は》うように進み続けた。デブリ帯があればそれの軌道を計算し、ドライブ粒子の少ないエリアはそれを詳細に記録した。

勝手知ったるアルファ星系は遥《はる》か遠く、道のりは平坦《へいたん》では無かった。

しかしそれでも、彼らは前へ前へと進み続けた。

彼らは、開拓者だった。


〈8〉

「ほぅほぅ、娯楽船とな。惹《ひ》かれる名前やね」

巡洋艦バルクホルンにあるリンの私室にて、太朗が興味深いとばかりに発した。

リンの部屋は例によって高級な自然家具で揃《そろ》えられた豪華な物で、アライアンストップとしての財力を太朗へと見せ付けていた。徹底的に整頓《せいとん》された部屋は無機質ですらあり、太朗からすると物足りなさを感じたが、立場的な問題もあるのだろうと予想した。プライベートな空間へ招待する事により、親密さを演出するというのは良くある政治的な手法のひとつでもある。

「今回のように長距離の遠征になると、船員達の不満やストレスが溜《た》まりますからね。EAPではその対策として、大型輸送船を改良した娯楽船を随伴させているんです」

得意気に語るリン。それに太朗は「ほぅほぅ」とさらに興味を増幅させた。実際の所、娯楽船についての情報は事前に受け取っていたが、太朗はあえて今知ったかのように振る舞っていた。

お互いの艦隊は相互交流として、いくつもの会談や人材派遣を行い合っていた。EAPアライアンスは帝国中枢の最新情報を欲しがったし、太朗達はアウタースペースの事を知りたかった。太朗のバルクホルンへの訪問も、その一環だった。

しかし、そんなお互いの欲求から始まった交流ではあったが、結局の所暇だったというのが一番の理由だった。危険がある宙域やディンゴのエリアから遠い場所では、ただ前へ進む以外はやるべき事が何も無かったからだ。

　そして太朗は他《ほか》のクルー達に比べれば若く、リンも同様だった。ふたりとも年若いという事もあり、遊び仲間を欲していた。

「テイローちゃんとしては興味あるなぁ。場合によってはウチのユニオンにも用意する事になるかもだし」

「なるほど。ではご案内しますよ。さっそくハルトマンに準備を――」

「ちょっと待った」

　掌《てのひら》を掲げ、ＢＩＳＨＯＰへアクセスしようとするリンを遮る太朗。それにきょとんとした表情を見せるリンに、太朗はいたずらめいた顔をぐいと寄せた。

「俺達だけで行こうぜ。内緒でさ」

　ひそひそとした声色。リンはそんな太朗に驚きの顔を見せた。

「だ、駄目ですよ。勝手に動いたら怒られてしまいます」

「だーいじょうぶだって。ちょっと覗《のぞ》いて見るだけだからさ。つーか、ほら。遊びに行くのに大人が一緒だと興ざめじゃん？」

「そ、それはそうかもですが。でもここには報告員が定期的にやってきますから、すぐに露見してしまうと思いますよ」

「露見てまた、難しい言葉をお使いで……まぁ、それについてはテイローちゃんに考えがあるから任せとき」

「は、はぁ………」

太朗は渋るリンを半ば強引に連れ出すと、即席で用意した装置をリンの部屋へセットし、誰《だれ》にも見つからぬように部屋を抜け出した。彼らは太朗がバルクホルンへ乗り付けるのに使用した連絡船へ乗り込むと、こちらは予《あらかじ》め用意してあった私服へと着替えた。リンは何故こんな物が用意されているのだろうと訝《いぶか》しんでいたが、結局は諦《あきら》めて着る事にしたようだった。どうやらリンも私的に娯楽船へ行くのは初めての事らしく、この小さな冒険に胸を躍らせているようにも見える。

「あ、見えましたね。あれです」

小型連絡船の窓を指差したリンが、いくらか興奮気味に言った。太朗が彼が指差す方へ視線を向けると、確かに輸送船めいた姿が確認出来る。既に連絡船に乗ってから15分程が経過しており、結構な距離を移動していた。同一艦隊とは言っても、お互いの衝突を避ける為、通常はこのように距離が開いているのが一般的だった。

「見た目はほんとに普通の輸送船なんだな。武装もしてるん？」

「えぇ、必要最小限ではありますが。ですが基本的には補給艦としての運用ですね」

「なるほど。まぁ、純粋に娯楽だけを詰め込むわけにもいかんわな」

「あはは、そういった娯楽船もあるようですけどね。商売目的で、ステーションからステーションを回っているらしいですよ」

「ほう、移動サーカスみたいなもんか。いつか行ってみてぇな」

太朗《たろう》は連絡船からすれば遥かに巨大な娯楽船へ横付けすると、案内に従って内部ドックへと進入していった。特にどこの誰であるかを誰何《すいか》されるでもなくドッキングを済ませると、いくらか緊張しながら案内表示に従って内部へと足を進めた。

「うおお、こりゃすげぇな」

人のまばらだったロビーを抜けた先に見たのは、カツシカの商業区を彷彿《ほうふつ》とさせる人と店舗の雑踏。様々な電光掲示板が己が店こそ最高であると主張をし、1クレジットでも多く稼ごうと商人達が声を上げている。もちろんステーションのマーケットに比べれば極々小さい規模であるし、今見えている一区画が全《すべ》てであるのだろう。しかしそれでも、宇宙船の中にこういった光景が広がっている事に太朗は新鮮な驚きを覚えていた。

「非番の者や勤務時間を終えた方々は、結構な割合でここへ訪れているようです。テイローさんの所のように船毎《ごと》に娯楽施設があるわけでは無いので、必然的にそうなりますね」

「人数が多いと一箇所にまとめた方が効率的だもんなぁ。つーか、人いすぎじゃね？」

「常時3000人近くがいるそうですよ」

「さんぜ………あぁいや、船ひとつ3人で動かしてる俺らの方が異常なのか」

「まぁ、普通は数百名は乗っていますから……確かに3人というのは聞いた事が無いですね。他の船もそうなんですか？」

「いやいや、プラム以外はちゃんと大勢乗ってるよ。でも多くても100名かそこらだけどな」

「それでも100名ですか。さすが帝国中枢の最新鋭艦ですね」

「まぁ、な。船ってのは新しい型になればなるほど、どんどん人数が少なくて済むようになってきてるんだろ？」

「はい。BISHOPによる統合管理と各種自動化が進めば進む程、少人数で船を運用出来るようになりますからね。時代が進めば、いつの日かテイローさん達のように数人で運用するのが普通になるかもしれませんね」

「それはそれで寂しい気もすっけどな。さて、どこに行くかな」

　太朗はぐるりと周囲を見渡すと、何かめぼしい娯楽が無いだろうかと探し始めた。しかしその目論見《もくろみ》が無意味である事に、彼はすぐに気付く事となった。

「……………おおう、何が何だかさっぱりだな」

　銀河帝国におけるある程度の一般常識こそようやく身につき始めた太朗ではあったが、深い所となるとさっぱりだった。電光掲示板に書かれた文字や何かはいくらかは理解する事の出来るものもあったが、ほとんどは聞いたことすらない固有名詞で埋め尽くされていた。

そして理解出来るものの大抵が経験済みのそれであり、新しい遊びを行うには謎《なぞ》の固有名詞が使われているものを選ぶ必要があった。

「んー、なぁリン。あのアグラッサって何だかわかる?」

「えーと、はい。確か音楽に合わせて3次元空間上に絵を描く庶民の遊びだったと思います。ハルトマンの息子がアグラッサの宙域大会に出場した事があるとか言ってましたね」

「庶民と来たかぁ、こんにゃろめ。しかしそうなると、いわゆる音ゲーなんかな?」

「オトゲー、ですか? 申し訳ありません。ちょっとわからないです」

「あぁいや、気にしないで。こっちの話だから。そんじゃあれは? ウィウィドゥ?」

「ウィっ!? テ、テイローさん。それはあまり声に出して言わない方が……」

「え? あ、そうなの? なに、口にすると居場所がバレたりするん? お辞儀をするのだテイロー、とかそういうの?」

「い、いえ、その……いわゆる、ちょっとエッチなアレなので……」

「……よし行くぞ。行こう。行けば行く時いざ行かん」

「だ、ダメです! あれは精神テスト制限がありますから!」

「何でだよおおい! アウタースペースは無法地帯なんじゃなかったんかああ!?」

「え、えぇぇ!? そりゃ帝国法は適用されませんけど、各アライアンスが法を制定してますから、それには従わないと」

「消そうぜリン。今すぐ消そうぜ。大丈夫。お前ならやれるって。ＥＡＰアライアンスはトップ、大リトルトーキョーのボスじゃねぇか……あ、大リトルって大きいのか小さいのかわかんねぇな」

「無理ですって。諦めて下さい。トップが好き勝手やったら組織がまとまりませんし、下への示しもつきません」

「………ぐ、ぐうの音もでねぇ」

太朗はリンの指摘に跪《ひざまず》いて落ち込むと、悔しさから地面を殴りつけた。周囲の人々が何事だと様子を見ているような気がしたが、それは無視する事にした。

「は、恥ずかしいので立って下さいよ、テイローさん」

「おぅ。期待が大きかった分、落胆がな………ん、そんじゃあ、別のいこう。あれはどうなんよ。ネビュラゲーム。ネビュラゲーム？」

「ネビュラゲーム……うーん、わかりませんね。ゲームというくらいなので、我々でも楽しめるかもしれませんね」

「よし、そんじゃ行ってみっか。ルールは店員さんにでも聞けばわかるだろ」

太朗はそういって立ち上がると、銀河帝国標準語でネビュラゲームと書かれた看板の店へと入っていった。

「失礼します。定時報告に参りました」

リンの私室へ向かい、ＥＡＰアライアンスの制服を着た男が発する。男はインターフォンに相当するＢＩＳＨＯＰの表示がオンになった事を確認すると、そのままの姿勢で報告の内容を読み上げ始めた。

「――というのが、今期アライアンスの方針となっております。戦争の影響から、そのような方針になったと役員の方から伺っております」

機密を保持するにおいて、今も昔も口頭以上に確実なものは存在しない。それゆえ、本来であればデータチップ一枚を手渡せば済む報告も、戦時である今は口頭による報告が成されていた。

「………リン代表？」

何の反応も無い事を不審に思ったのだろう、男が眉《まゆ》を顰《ひそ》めて発した。

『ん、ご苦労様。了解したよ』

扉越しに流れるリンの声。男ははっと顔を上げると、姿勢を正した。

「はっ、ありがとうございます。次回定時報告には、ワイズマンが参ります」

『ん、ご苦労様。了解したよ』

「はっ、ではこれにて失礼します」

『ん、ご苦労様。了解したよ』

「…………………」

男は代表による妙な返答を疑問に思ったが、恐らく考えて返すのが面倒なのだろうと思う事にした。彼はただの連絡員であり、少なくとも変に探りを入れて怒りを買うような真《ま》似《ね》は避けたかった。

そして部屋の中では、声に反応してリンの声が再生されるように太朗が再プログラムした単純な装置が、じっと鎮座していた。

「うぅ、テ、テイローさん。助けて下さい」

少し涙目になったリンが、太朗へ潤んだ視線を向けてくる。美少年がこのように表情を歪《ゆが》めている事に、普段であれば罪悪感のひとつでも覚えただろう太朗だったが、今は別の感情の方が大きかった。

「頑張れリン。お前は今、大人への階段を上ってるんだ……つーかまじで羨《うらや》ましいぞこんちくしょう」

舌打ち気味にそう言った太朗の視線の先では、暗がりの中空で水着の様なセクシーな衣装の女性と複雑な姿勢で絡み合うリンの姿があった。ふたりは無重力空間上に浮かぶ色のついたホログラフのマークへと手足を伸ばしており、無重力の作り出す不安定さをなんとかしようと踏ん張っていた。ネビュラゲームのルールはいたって単純で、ダイスによってランダムに決定された色のマークを身体《からだ》のどこかで触れるというものだった。

「……つーか、ただのツイスターゲームじゃねぇかよ。ちょっと大人向けだけど。さらに言うと、いったいどの辺が星雲《ネビユラ》なんだよ」

ぼそぼそと突っ込みを入れる太朗。女性の豊満な胸元に顔が埋まりかけているリンの姿は、太朗からすれば羨ましい限りだったが、リンからすると恥ずかしさの方が勝っているようだった。視線をどこかへ逃がし、顔を真っ赤にしている。

「標準コースでこれって事は、俺の特別コースはどうなるってんだ……まさか複数人相手とか？　それともさらにグラマーなおにゃのこが？」

期待に胸を膨らませる太朗。そんな太朗を他所《よそ》に無重力空間の方では勝敗がついたらしく、恐らく勝者になったのだろう女性が喜びを露《あらわ》にしていた。

「よし、俺の番だな。いっちょ揉《も》まれてくっか……あぁいや、揉むのは俺か？　ぐへへ」

手をわきわきとさせながら、重力制御された部屋へと足を踏み入れる太朗。今やかつてと違って慣れに慣れた無重力の浮遊感に身を委《ゆだ》ねると、のんびりと肢体の力を抜いた。

「こちら不慣れではありますが、どうぞよろしくお願い致します」

背後より聞こえた声。太朗はついにお相手が来たのかと、そちらへ身を翻した。

「不慣れって新人さんっすかね！　どうぞよろしくお願いしまっ………」

「………………」

「……どうしました？　早く色決定のダイスを振りましょう。振るべきです」

「……いや、何やってんすかね、小梅《こうめ》さん」

太朗《たろう》の前に現れたのは、いつも通り無表情な小梅。彼女は妙にぴっちりとしたスーツに身を包み、無重力下を直立不動の姿勢で浮遊していた。

「予定時刻に戻っておられないものですから、心配のあまりこうして駆けつけた次第です、ミスター・テイロー」

「いや、百歩譲ってそうだとしても、質問は変わんねぇよ。何やってんすかね」

「いやはや、何やら楽しそうなゲームに興じているとの報告がありましたので、小梅も参加してみるべきと判断しました。報告主はミスター・アランです。彼はウィウィげふんげふん、を目的に来艦しているようで、先程すれ違ったそうですよ」

「アラアアアアン！　絶対にゆるさねぇからなあああ！」

「さぁさぁ、早くダイスを振るのです、ミスター・テイロー。そして小梅自慢のボディを堪能《たんのう》しやがりなさい」

「くそっ！　なんで俺は小梅のボディにおっぱいを付けなかったんだ……つーか何で

そんなノリノリなんすかね!?」

「神は言いました。今はネビュラゲームに興じる時であると」

「そんな神はいねぇよっ！」

「ちなみにですが、今こうしている間にもミス・マールがここへ駆けつけています」

「………ど、どんな様子だった？」

「太古の民は、ああいった表情を見て般若《はんにゃ》を連想したのでしょう」

「よし、逃げよう。今すぐ逃げよう」

「しかしお客様。頂いた代金を返金するわけには行きませんよ。それに返金するとなっては、まるで小梅に魅力が無かったかのようではありませんか」

「詐欺だっ！　酷《ひど》い詐欺だあっ！」

太朗はそう叫びながら無重力室を抜けると、リンを連れて外へと走り出した。先程の通り代金は支払い済みだったが、今更返金を求めるのも馬鹿《ばか》らしかった。

「くそっ、ずりぃぞリン。お前だけいい思いしやがって」

「え、えぇ!?　いえ、僕はああいったのはちょっと……」

「あら、あんま興味無しか。考えてみれば、リンってせいぜい中学生かそこらか」

「チューガクセイですか。それはわかりませんが、僕としては、その……テイローさんと、やりたかったです」

「あー、ふたりでやったら楽しいよねーってんなわけあるかぁ！　ちょっと怖いわ！」

「いえ、きっと楽しいですよ！　今度ぜひやりましょう！」

「嫌だぁ！　男は嫌だぁ！」

ふたりはそうして周囲の目も気にせずわいのわいのと騒ぎながら、娯楽船の中を散策してまわった。屋台のような店で見た事も無い食品の数々に舌鼓を打ち、良くわからない店に入ってはそこでの娯楽を楽しんだ。それは時間にすればせいぜい3時間かそこらだったが、非常に思い出深い3時間となった。


「今日は楽しかったです。本当にありがとうございました、テイローさん」

楽しそうな笑顔のリン。走り回ったせいかいつも整えられている髪は乱れ、普段のインテリめいた風貌《ふうぼう》が無くなっていた。

「おうよ。俺も楽しかったよ……これから色々大変だろうけど、お互い頑張ろうぜ」

兄貴風をふかし、余裕を持った表情で手を差し出す太朗。

「はい、頑張りましょう！」

差し出した手を握り返してくるリン。彼はその手を放すと、「ではまた！」と敬礼をし、踵を返していった。太朗は「おうよ」と親指を立ててみせると、手を振ってバルクホルンの中へと去っていくリンを見送った。

「…………また、か。そうだな。そうなるようにしなくちゃなんねぇな」

楽しかった時間との対比だろうか、戦争の事を思い出して呟《つぶや》く太朗。戦いの帰趨《きすう》によっては、こうした機会が永遠に訪れない可能性もあった。

「えぇ、そうして下さると我々としても助かります、ミスター・テイロー代表」

背後よりかけられた声。太朗がそれに振り向くと、そこにはリンの副官であるハルトマンの姿があった。

「あちゃあ…………すんません。バレてました？」

まさにイタズラを見つかった時のように、申し訳なさそうにする太朗。はたして怒鳴られるだろうかと身構える彼だったが、予想に反して頭を下げたハルトマンに驚く事となった。

「本日は、本当にありがとうございました。リン様があのように楽しまれている姿を見るのは、いったい何時《いつ》ぶりになりますやら」

ある程度以上の年齢を重ねた人間だけが出せる、柔らかな笑み。二の句が告げずにいる太朗に向かい、ハルトマンが続けた。

「リン様は日頃《ひごろ》より指導者としての英才教育を受けております。身近なご友人もおらず、寂しい思いをしておられた事でしょう。よろしければですが、ぜひまた誘ってあげて下さい。この通りです」

再び頭を下げるハルトマン。太朗はそんな彼に頭を上げるよう促すと、はにかんだ笑みを見せた。

「別に頼まれずとも誘いますよ。リンは友達ですから」

太朗の答えに、ハルトマンもまた優しい笑みを浮かべた。


「見えたぞ！　恒星アルファだ！」

カツシカを出発した時から数えると、実に3ヶ月ぶりの帰還となるアルファ星系。プラムの誰《だれ》もが手元のモニタを見つめ、バルクホルンの誰もが窓際へと駆け寄った。

あまりに明るく、ただの光にしか見えない恒星の光。

しかし太朗にはそれが、実に美しく見えた。


〈9〉

無事にアルファステーションへと到達した太朗達は、休息も束の間《つかま》、すぐに航路の検討に取り掛かった。実地調査を行う事で得られた情報を元に、安全と時間とを天秤《てんびん》にかけてルートを算定する作業だ。ドライブ粒子の無い場所にビーコンを設置したり、緊急時の為《ため》の避難場所の想定を行ったりと、ルートはただ通れれば良いという物でも無い。

幸い資金面に関しては潤沢なクレジットを持つEAPアライアンスなだけはあり、必要な物さえ決まってしまえば、ほとんど数日の内に資材の発注を済ませてしまった。彼らはすぐに帝国中央エリアへ向けて快速船を飛ばし、ギガンテック社からレンタルした超大型輸送船に全《すべ》てを詰め込んで帰ってきた。それは数日のレンタル料だけで新しい船が買えてしまうような額だったが、今は時間の方が大事だった。

「でけぇ……相変わらず超でけぇ……」

アルファ研究ステーションからの帰り道、すれ違うようにして現れた巨大なその船体にため息を吐《つ》く太朗。全長数キロに及ぶ、巨大な卵型の鉄塊。

「まあ、銀河中でもこんなに大きい船は他《ほか》にないでしょうしね。それより博士、喜んでたわね。もうふたつのデータも早く届けてあげたいわ」

研究ステーションで観測データを受け取った博士は、10年越しの夢が叶《かな》ったと笑顔を見せていた。博士が自ら観測機器の修理に出た当時は、ワインドの活動もさほど活発では無く、ディンゴとEAPアライアンスの関係も今ほど険悪な形では無かったらしい。半ば諦《あきら》めかけていた所に太朗達が現れた為、博士としては嬉《うれ》しい誤算だったようだ。

「いつかうちの会社も、あんなんをバシバシ飛ばしてぇなぁ」

太朗は大型輸送船から発生する重力に警戒して船を離すと、遠ざかって行くその巨船へ向けて通信を飛ばした。

「やっふー、リンちゃん。元気してるぅ〜?」

くねくねとした動きの太朗。やがて通信機に現れるリンの姿。

『は、はぁい。超イケイケって感じですぅ……ね、ねぇテイローさん。これやっぱりやめません? 恥ずかしいですよ……部下も大勢見てますし』

おおよそ男らしくない姿勢で、もじもじとするリン。太朗は「甘いな」と指を振ると、「余計な羞恥心《しゅうちしん》なんて捨てちまえ!」と続けた。

「俺達の挨拶《あいさつ》はこうしようって決めたじゃないか! 男と男のやぶほくぅぅぅっ!?」

横から受けた衝撃に、地面を転がる太朗。「腎臓《じんぞう》はやめてくれ……」とうめく彼に、仁王立ちしたマールが冷たい視線を向けた。

「リンを変な道に進ませようとするのは止《や》めなさい……ねぇリン。何を約束したんだか知らないけど、忘れていいわよ。保証するわ」

マールは冷たくそう言い放つと、太朗のシートのモニタを覗《のぞ》き込み「またね」と笑顔を見せた。

「向こうでも元気でやりなさいよ。ディンゴなんてこてんぱんにしてやりなさい。戦争は経済力だって事、わんちゃんに教育してあげるのよ」

『は、はいっ！　戦争が終わったら、必ずまたここへ戻って来ます。またお会いできるのを楽しみにしてます！』

「いつつ……おーい、リン。出来る事はもうねぇかもだけど、応援はしてっからな。負けたりしたら承知しねぇぞ」

『あはは、了解です。帰ってきたらまた色々と教えて下さい、テイローさん』

モニタに映るリンの瞳《ひとみ》には涙が溢《あふ》れ、太朗は思わずもらい泣きしそうになる。

「何泣いてんだお前。そういうのは勝った後だろ？　俺らはもう行くぜ。頑張れよ！」

太朗は込み上げる涙を無理矢理抑え込むと、プラムⅡのエンジンを大きく噴かした。別れの場で泣いたとして誰が責めるわけでも無かったろうが、太朗の男の子としてのつまらない矜持《きょうじ》が、それを許さなかった。

『はい、また会いましょう。メール、送ります！』

巨船のまわりが薄青く包まれ、新しく策定した交易ルートへ向けて引き延ばされ始める。それが光の矢となって消えて行くと同時に、通信機上のリンの姿も消えた。

「……行っちゃったわね。彼、うまくやれるかしら」

リンの消えて行った先をモニタ上で眺め、ふうと息を吐くマール。それに太朗が「あたりめえだろ」と鼻を鳴らした。

「艦隊が揃《そろ》うまではまともにぶつかるなって言ってあるし、ゲリラ戦についてのイロハを教え込んだからな。それなりにやれるんじゃねぇかなって思うぜ。問題はアライアンス内の協力をしっかり得られるかどうか、だろなぁ」

太朗《たろう》はリンとのルート開拓の日々において、EAPアライアンスについての内情や何かもいくらか知る事となっている。EAPは巨大なアライアンス――あくまで太朗達から見ればだが――であるがゆえに決して一枚岩では無く、各ユニオンやコープが独自の利益を求めて動きを見せている。現段階で離反を起こすような組織は無いだろうが、それでも戦況次第ではわからない。

「まぁ、新ルートの交易隊にニュースデータの搬送もお願いしといたから、定期的に様子は窺《うかが》えるっしょ。それより問題はウチらの方だな」

太朗はうんざりとした気持ちで箱に詰められたデータチップの山を見つめると、どこから手をつけたものやらと考えた。この情報の塊は、太朗達が留守にしていた間に溜《た》まりに溜まったライジングサンのあらゆる報告書。最重要案件とされているものは帰還してから数日の内に全て目を通しておいたが、細かいものとなるとお手上げだった。

「ちょっとずつ処理していくしか無いでしょうね……ディンゴの件をライザと相談する必要もあるでしょうし、一度デルタの本社へ戻りましょう」

太朗と同じように、うんざりとした表情のマール。太朗は彼女に賛成の意を示すと、さっそくスターゲイト管理局へ予約の通信を入れる事にした。

〈10〉

「社長、こちら設備投資の次期予算案になります」

久方ぶりに到着した、デルタステーション本社のオフィス。太朗は社長室で大勢の社員達に囲まれながら、何故《なぜ》もっとしっかりとした引継ぎをしておかなかったのだろうかと過去の自分を殴りたい気分で一杯だった。

「はい、予算ね。考えたのは……本部長か。承認で」

「新入社員の募集要項についてですが、改めて戦争についての規定を明確にしますか？」

「あぁ～、それはあれだ。ユニオンでの方針を相談してからで」

「こちらをご覧下さい社長。物価動向から考えて、もう少し備品全体の調達をまとめるか効率化させるべきかと」

「備品はー、マールの所に持ってって。あ、でも戦闘に関する備品はケチらないでね。命に関《かか》わるから」

「社長、交易ルートの振り分けが偏り過ぎているという意見があります。リスク分散の為にもベータ星系方面へ進出してみては？」

「ベータ……帝国中枢の方だっけ？　ダメダメ。競争激しいトコに行っても勝てねえって。

こっちが10往復して運ぶ量を片道で済ますような会社がゴロゴロしてんだぜ?」

「テイロー社長、頼まれていた社員寮の見積もりが完成しています。デルタとアルファ、両方です」

「おぉ、あんがとさん……あ～、デルタの方は無理だなこれ。家賃高すぎ。一応B案の大部屋でも人が集まるかどうか、アンケート採っといて」

「社長、スペースカウボーイ社とＩＮＦ社の代表から会談の申し出が届いています」

「えぇぇ……俺あの人達《ひとたち》嫌いなんだよなぁ……いや、好き嫌いで判断しちゃまずいか。しばらくこっちにいる予定だから、日程組んどいて」

無数の社員に囲まれながら、なんやかんやと仕事を片付けていく太朗。しかし3ヶ月の間に溜まった作業は膨大で、社長室から社員がひとり去ればひとり入り、またひとり去れば、今度はふたりが入ってくるといった具合だった。

「あ、ほら! 12時になったぜ! 昼、昼の時間!」

聞こえてきた無機質なアラームの音に、ここぞとばかりに反応する太朗。それに傍《そば》へいた社員がにこりとした笑顔で答える。

「えぇ、そうですね社長。しかし我々は裁量労働ですので、休憩時間は任意です。当然社長、あなたもですよ。急ぎ決裁が必要な事案がありますので、こちらに目を通しておいて下さい」

太朗の目前に積まれる、新たな情報チップ。太朗はうんざりとしながらそのチップの束を流し見すると、ふとその中のひとつに書かれたラベルの文字に目を止めた。

「これ……レールガン砲弾試射結果とその実用性試験について……うおお、マキナさん、上手《うま》くいったのか！」

チップを手に立ち上がる太朗。彼は居ても立ってもいられないと、出口へ向かって走り出した。慌てた社員が彼を止めようとするも、太朗はするするとその隙間《すきま》を器用に抜けて行く。明らかに慣れた動き。

「ごめん、ちょっと出てくる！　多分すぐ戻る！　かも！」

ドアも閉めずに、勢いのまま走り去る太朗。残された社員達は顔を見合わせると、致し方なしといった様子で、互いに苦笑いを交し合った。

「……まぁ、いつもの事ではあるな」

誰かが発した言葉に、周囲の人間がうんうんと頷《うなず》いた。


――安全装置解除、ＢＩＳＨＯＰ連動システム作動――

デルタ星系内ではあるが、ステーションより遥《はる》か離れた宇宙空間。恒星デルタへ向けた剝《む》き身《み》の砲身が小さく震え、プラムⅡの船体に乗せられた実験装置がうなり声を上げた。

『発射まで、残り15秒……13……12……11……』

マールの声が秒読みを始め、それまであぁでも無いこうでも無いとわめきあっていたマキナの社員一同が、太朗共々ディスプレイに表示されている装置を凝視し始めた。

――弾道制御リンク　開始――

太朗はいつも通りの手順で弾頭へアクセスすると、そこに刻まれたシンプルな姿勢制御関数を眺めた。プラムのドックという慣れない場所からのＢＩＳＨＯＰ操作だったが、実験に支障は無さそうだった。

『8……7……6……』

誰《だれ》かの喉《のど》がごくりと鳴り、緊張の為か、浅い呼吸の音が聞こえて来る。

『3……2……1……発射』

瞬間、光と共に火を噴くレールガンの砲身。光り輝く魔法の弾が信じられない程の速さで飛び去り、その相対位置座標をプラムへと送り届けて来る。

「右……左……フェイント……そんで突撃っと」

完全に集中しきった太朗はそうぶつぶつと呟《つぶや》くと、ＢＩＳＨＯＰの世界で自らの役割を果たした。すなわち、弾頭の制御。

「命中です、ミスター・テイロー。目標精度との誤差は15％。許容範囲内です」

抑揚の無い小梅《こうめ》の声。ドックに上がる歓声。

「おしっ、とりあえず第1段階は成功やね。次はどうかな？」

太朗はふうとひと息つくと、忙しそうに各種装置をいじるマキナの社員達を眺めた。

「急げ急げ！　急いで冷やすんだ！　すぐ次弾を装塡《そうてん》するぞ！」

「データは回収したか？　センサー類はどうだ？」

「感熱センサーが死んでます！　交換しないと！」

宇宙服を着た作業員がレールガンタレットのまわりをうろつきまわり、ドックでは地面に直接置かれた端末を何人ものスタッフが険しい顔で見つめていた。太朗は仕事熱心な彼らに、精一杯尊敬の念を送った。

「職人、って感じだな。人がこういうのに一生懸命なのは、今も昔も変わらないやね」

「えぇ、そうですね、ミスター・テイロー。何かに懸命な人間というのは、それだけで見ていて気持ちの良いものです」

「だよなぁ……まぁ、いくらかよこしまな気持ちが無いわけでも無いだろうけど」

太朗は試験用レールガン作動実験の成功に、特別ボーナスと休暇の支給を約束していた。今も耳をすませば「ひとり1万クレジット――」だの「2週間の休暇を――」だのといった煩悩丸出しな発言が聞こえてきたりもする。しかし太朗はそれで構わないと思っていたし、それでやる気が出るのであればむしろ歓迎していた。

「ぶっちゃけ、実弾の弾薬費に比べれば安い」

マキナへの大規模な開発資金提供額について出た、社員からの疑問に対する太朗の答え。デルタ地方全体を襲う機械製品の値上がりは今も続いており、その上昇は以前に比べればいくらか緩やかにはなったものの、依然として天井知らずで昇り続けていた。太朗の特注弾頭は既に1発あたり7万クレジットにも到達しようとしており、それはかつてのプラムで稼いだ初仕事の報酬を上回る額となっていた。

「1発撃つ度にマールが死にそうな声を出してたけど……まぁ、実際そうだわな」

今回の遠征で使用した弾頭の数は、ざっと60発。約500万クレジット相当。それは完全装備の戦闘用フリゲート艦が購入出来る額でもある。

『次弾発射用意。発射まで残り――』

太朗はマールの読み上げにぼんやりと考えていた意識を戻すと、次の弾道制御へ向けて集中し始めた。結局の所、太朗にとってお金というのは目標を達成する為《ため》のアイテムに過ぎず、それ自体を貯《た》める事が目的では無かった。いくらか出費がかさんだ所で、仲間の安全が買えるのであれば安いものだと思っていた。

その日の射撃実験は一定の課題と成果を残し、社員一同は笑顔での帰還となった。満額とはいかないだろうが、マキナの社員はボーナスを受け取り、久方ぶりの休暇を楽しむ事となりそうだった。

〈11〉

「え？　割引する？　あぁいや、申し訳ないですけど難しいと思いますよ、今の仕入額を下回るのは……えぇ、えぇ。そうですねぇ。はい、もちろん今後も良いお取引をさせていただければと思ってますよ。あはは、それでは」

プラムⅡの談話室にて、その爽《さわ》やかな声色とは対象にあくどい顔付きをした太朗が言う。彼はソファで足を組むと、通信機をオフにして満足気に背もたれへと体重を預けた。

「前の弾頭の仕入先かしら？」

何か手のひらサイズの装置で爪《つめ》の手入れをしながらマール。太朗がそれに「そやね」と答えた。

「今回で仕入れを止《や》めるって言ってやったらめっちゃ焦ってたぜ。ざまぁみやがれだ。最終的には1発あたり4万まで負けるとか言ってやがったけど、ふざけんなって感じだよな。今までどんだけぼったくってやがったんだと」

「えぇ、なにそれ……確かハイテクノロジーリサーチ社だったわよね。もうそこと取引するのやめた方がいいんじゃないの？」

「う～ん、個人的にはそうしたいんだけど、HTR社と仲のよろしい会社さんもいるんで、無下にするわけにもいかんのよね……しがらみってのは面倒やね」

太朗《たろう》は頭の後ろで手を組むと、のけぞる様にして大きく伸びをした。ここはプラムⅡの中ではあるが、デルタステーションのドック内でもある。同じ船の中とは言え強い安全の中に身を置くのは久方ぶりの事であり、太朗は心身共にリラックスしていた。太朗は銀河帝国の野蛮な面を地球のそれと比べて残念だと思っていたが、アウタースペースでの経験を経た今ではそれを非常に頼もしいとさえ思っていた。もちろんそれが比較対象の問題でしかない事もわかっていたが。

「あぁ、そいやアラン達から連絡が届いたんだっけ。向こうの様子はどうなんだ？」

顔をのけ反らせる太朗。その横でじっと立ち尽くしていた小梅が、「そうですね」と太朗の方を向いた。

「今のところ異常なしとの事ですよ、ミスター・テイロー。例の作戦についても訓練が進んでいるとの事です」

小梅の答えに「よし」と笑みを見せる太朗。彼は防衛の為にアラン達をアルファステーションへと残してきており、その際にいくつかの思いついた作戦を彼へと言伝《ことづて》していた。

小梅やマールはアルファ星系が戦場になる可能性は低いのではないかと考えているようだが、太朗はそうは思わなかったし、アランもそれに同意していた。太朗は先の偶発戦でのディンゴの動きを覚えており、彼は決して侮ってはいけない存在だと感じていた。また、テイローが新しくオーバーライドした民間軍事についての知識は、彼にディンゴの狙《ねら》いや目的、そして戦術などを含めた様々な予測を教えてくれた。太朗はディンゴが、間違いなくアルファ星系へやってくるだろうと確信さえしていた。

「あいつ、3発目にはレールガンの事に気付いてたからな。上手いこと避けようとしてたし、ぶっちゃけバケモンだと思う」

　これは太朗の正直な感想であり、そして恐らく事実だろうとも思っていた。アランはアランでディンゴの危険性について警戒しており、ふたりはアルファステーションが戦場になった場合についての討論を何度も行っていた。

「それと、ミスター・テイロー。作戦に使用する新造艦も、無事に納品を終えたとの事です。いくつか不具合が見つかったようで現在調整中との事ですが、大きな問題は無いとの事です」

「新造艦って、あぁ。例のアレね……あんなの、本当にうまくいくの？」

「う～ん、どうだろ。昔は軍でも使われた戦法だったらしいぜ。今も民間じゃ……あぁいや、今はどうだかしらねえけど」

　慌てて言い直す太朗。あまり民間軍事の常識について明るいところをマールに見せるのはよろしくなかった。彼は「ところで」と、そそくさと話題を変える。

「ライザたん、随分遅いっすね。もう約束の時間を1時間も過ぎてるっすよ」

「ん、そういえばそうね……どうしたのかしら。時間には厳しい人だと思ってたけど、何かあったのかしらね？」

頬《ほお》へ人差し指をあて、首を傾《かし》げるマール。太朗はどことなく子供っぽいその仕草に見とれつつも、頭の片隅でＢＩＳＨＯＰへのアクセスを行った。

「お、噂《うわさ》をすればなんとかって奴《やつ》だな。今ドック入りしてるっぽいぜ。たまにはこっちから出向くか」

太朗はステーションのモニターが捉えたライザの輸送船を見つけると、彼女を出迎えるべく体を起こした。小梅とマールがそれに続く形で歩みを進め、３人は勝手知ったるプラムの廊下をのんびりと歩き出す。

「ねぇ、テイロー。本当にいいの？」

背後から聞こえるマールの声。太朗はそれに「何が？」と返すと、「ユニオンについてよ」とマールが答える。

「脱退の件についてか？　しょうがねぇっしょ。反対を押し切ってまで向こうへ行って、挙句の果てに戦争に巻き込まれるかもって状況だぜ？　ライザやベラさんを巻きこむわけにはいかねぇだろ」

「まぁ、それはそうかもだけど……正直、会社としてはかなりの痛手よ？」

マールの指摘に、それは確かにその通りだと頷く太朗。

ＴＲＢユニオンはあくまで輸送稼業が主たる収入源であり、その輸送任務はライザの輸送艦があってこそのものだった。ライジングサンも独自の輸送船を揃《そろ》えてはいるが、ライザのスピードキャリアーコープの用いるそれとは比べるまでもなかった。

量だけで言えば単純に大きな船を買えば良いだけの話でもあるが、品目というと話は変わってしまう。食料品の長期保存を行うには特殊な施設が必要になるし、精密機械やレイザーメタル、ガスや放射性物質等といった輸送に細心の注意が必要となる品物は多かった。そしてそういった品目は需要が高く、すなわち収入も大きい。

そして荒くれ者の揃うガンズアンドルール無しにして、アウタースペース宙域でまともな商売を行うのは難しい。それは単純に暴力が幅を利かせる機会が多いという事実もあるが、何よりアウタースペースの閉鎖的な社会にアクセスする為のノウハウがあるという点が大きかった。アウタースペースと帝国中央との境界線で生きる彼らは、独自のネットワークを多数所持している。

「まぁ、ライジングサンが単体《ひとり》だった頃《ころ》に戻るだけさ」

強がりをぼやく太朗。隣を歩くマールにもそれは聞こえたようだったが、彼女は何も言わなかった。

〈12〉

『いらっしゃい、テイローさん。どうぞ入って下さいまし』

やがてライザの輸送船がとまるドックへ到着した太朗達は、彼女の招きに応じて船内へ続くエレベーター式のタラップへと乗り込んだ。

「なんでこのタラップ、全面ガラス張りなんだよ……こえぇなんてもんじゃねぇぞ」

輸送船の出入口は高く、エレベーターはおよそ50メートル近くまで上昇していく。

「下にいればスカートの中が覗《のぞ》けたかもしれませんね、ミスター・テイロー」

「なんでもう数分前にそれを言ってくれなかったっすかねぇ、小梅さん」

「私は絶対にあんたの前には乗らないわよ」

出入口に到着したテイロー達は、出迎えに来たスピードキャリアー社の課長に案内され、ライザの待つ応接室へと向かった。太朗はそこでアウタースペースで起こった一連の出来事についてを説明し、ライジングサンのユニオン脱退についての考えを彼女に述べた。

「ユニオンの共有設備については、全部もっていってもらって構わないっす。元々うちの負担分は少なかったし、申し訳ないから」

さらに場合によっては賠償金の支払いも辞さないと続けたテイローに、不快そうな目を向けてくるライザ。彼女は長く伸びたサイドテールを揺らしながらかぶりを振ると、無言で立ち上がった。恐らく殴られるのだろうと、ぎゅっと目を瞑《つぶ》る太朗。

「…………おろ？」

予想していた衝撃は訪れず、うっすらと開けた太朗。すると太朗の右手すぐ隣、すなわち太朗とマールの間の狭いスペースへと座るライザの姿が。ライザは至近とも言える距離で太朗の目を見つめてくると、にこりと妖艶《ようえん》な笑みを浮かべた。

「抜け駆けは無しですわよ、テイローさん。少なくとも我が社はユニオンメンバーとして、全力で支援させて頂きますわ。そんな『おいしい話』、独り占めしようだなんて、いくらなんでも人が悪いですわ」

太朗へと体重を預け、しなだれかかってくるライザ。太朗は何が何だかわからずに慌てるも、その髪から立ち上る甘い香りを目一杯吸い込んだ。

「積極的に打って出るべきですわ、テイローさん。ＥＡＰアライアンスが勝てば、航路の権利の一部は貴方《あなた》の物になるのですよね？」

上目で窺《うかが》うように、ライザが発する。太朗は柔らかい感触にニヤけそうになる顔をなんとか押し留《とど》めると、「まぁ、そうなるのかな？」とリンとの間の契約を思い浮かべた。

「でも『俺の』じゃなくて、『皆の』だな。ディンゴがこっちに気付くまではＥＡＰとの直接取引は差し控えるけど、こっちの関税免除と、関税収入の１割を受け取る事になってる。現段階の収入はプールしてくれてるはずだな」

「それは、コープ？　それともユニオン？」

「もちユニオンっすよ。留守の間、本部の方の売り上げを支えてもらったわけで――」

言い終える前に、飛び掛かるようにして太朗を抱擁してくるライザ。太朗は自分の知らぬ間に世の中の理《ことわり》が変わってしまったのではと訝《いぶか》しがりながらも、より濃厚になったライザの香りを楽しんだ。

「はいはい、そこまでよ。狭いからどいてくれないかしら」

不機嫌そうにライザの体を引くマール。ライザは「あら失礼」とわざとらしく発すると、素直に元の席へと戻っていった。太朗はいくらか残念な気持ちになったが、同時に安堵《あんど》している自分にも気付いた。そしてマールの視線が痛い。

「新航路についてはともかく、私達は積極的に攻勢を仕掛ける気は無いわ。マフィアであるベラ達は別でしょうけど、社員は絶対にいい顔をしないわ」

身を乗り出すようにしてマールが発する。それにライザが「えぇ」と返す。

「もちろんわかってるわ、マールさん。でも下の意見や感想を全面的に取り入れる事が、いつも正しい事とも限らなくてよ？」

「ふん、どうだかね。ねぇ、スピードキャリアーからライジングサンへ異動したいって社員、それがどれだけいるか数えた事ある？」

「なっ……そ、それがどうかしたのかしら？　同じユニオンと言えど、社の経営方針に口を出されるいわれは無いわ」

「別にどうしろって言ってるわけじゃないわよ。あんた、ちょっとは社員の待遇も考えないと、その内絶対に後悔するわよ？」

「……ありがたい忠告として受け取っておくわ」

ふたりとも、笑顔。太朗は言外に含まれた威圧感に押されながらも、「ちょっちいいかな」と口を挟んだ。

「多分、ディンゴとは一戦やらかす事になるぜ」

オーバーライドされた民間軍事の知識が教えてくれた、現状から導き出した結論。太朗がそう発すると、ライザがそれ見た事かといった様子で胸を張って鼻を鳴らした。マールはそんなライザを横目で見ながら、ぴくりと頬を引きつらせる。

「どういう事よ。あんた、自分からは行かないって言ってたじゃない」

冷たいマールの視線。太朗は心臓を掴《つか》まれたかのような感覚に陥りながらも、なんとか「そ、そうじゃなくて」と続ける。

「俺達が望もうと望むまいと、ディンゴはまず間違いなくアルファへ攻め込んで来るだろうって事さ。少なくとも俺がディンゴの立場ならそうするし、そうせざるを得ないんじゃねぇかな」

太朗の答えに「どういう事？」と首を傾げるマール。ライザもそれに興味があるようで、真剣な目で太朗を見つめてくる。

「まずは地理的な要因がある。ディンゴはふたつの勢力に挟まれてるわけで、両方を相手にはしたくねぇだろうからな。厄介事は事前に塞《ふさ》ぎたいと思うのが自然じゃね？」

「ふたつ？　ひとつじゃなくて？　ＥＡＰアライアンスの他《ほか》にどこと争ってるっていうのよ」

答えてみなさいとばかりに、太朗《たろう》へ詰め寄るマール。太朗はマールの眼前に指を立てると、「帝国さ」と答えた。

「帝国って、帝国軍って事？　なんでよ。あっちはアウタースペースよ？　少なくともディンゴは帝国軍に恨まれるような真似《まね》はしてないわ」

「ん～、前にディンゴと通信した時の事憶《おぼ》えてる？　あいつ俺に向かってこう言ったんだぜ。『帝国の犬がこそ泥の真似をしていいと思ってんのか』って」

太朗の指摘に、はっと何かに気付いた様子のマール。

「あいつ、私達を帝国軍の関係者か何かだと思ってる？」

「おう、多分な。考えてみりゃおかしな話なんだよ。俺達、ディンゴの領域をまっすぐ通過してＥＡＰアライアンス領に行ったじゃん？　例のブツだかなんだか知らないけど、それは既にディンゴの手元にあるわけで、俺達を生かしておく必要なんて無くね？」

「そう、ね……秘密の取引の現場を見られたって所でしょうから、どちらかと言えば消えて欲しいでしょうね」

「そゆこと。あいつは軍の報復を恐れて、俺達をあえて放置したんだ」

互いに頷《うなず》き合う太朗とマール。会話に入れないせいか、いくらかまごついた様子のライザ。ライザは「ちょっとよろしくて」と続ける。

「貴方達からの報告書で大体はわかりますし、言ってる事も道理かもしれませんわ。でも、それがアルファ星系への攻撃とどう繋《つな》がるのかしら？」

ライザの質問に、太朗が答える。

「封鎖だよ、封鎖。あいつ、ＥＡＰのスターゲイトをぶっ壊してただろ。スターゲイトなんてバカ高いもん、普通は持って帰るなり分解するなりするだろ。ぶっ壊したんだぜ？　どんだけの金を捨てた事になるんだよ」

そう語ると、納得の頷きを見せるライザ。

「部品を売るだけでも相当な額になるわね」

ライザの答えに満足の頷きを見せる太朗。

「あいつの宣戦布告は、もしかしたらもっと早く始める予定だったのかもしんねぇな。それが俺達、つまり帝国軍と思われる船舶が来ちまったもんで、それがいなくなるまでタイムテーブルを遅らせたんだ。あの時点で帝国が関与してくるのはまずいからな」

「なるほど……帝国は地方に軍を送りたがりませんわ。ニューラルネットが分断されたせいで、それは以前より顕著になってますもの。兄が言ってた事ですから、それは保証します。そしてディンゴはビーコンを隠しましたし、ホワイトディンゴ領へはアルファ星系からの新航路を使うしかない……」

「そうよ。新航路を使わずにディンゴ領へ行くとしたら、ＥＡＰアライアンス領の裏側から大回りをする必要があるわ。リンが３ヶ月近くはかかるって言ってたわね。そんなの、軍は絶対に来ないわ」

「そうそう。んでもって、ディンゴがＥＡＰの素早い軍拡に気付かないとも思えない。１ヶ月先か、それとも２ヶ月先かは知らねぇけど、新航路の存在に絶対感付くと思う。封鎖したのにどうなってんだってな。あいつは俺達の件があったから、帝国が何らかの形で関与してるんじゃねぇかって思うかもしんねぇ。このままだと放っておいてもＥＡＰに負けるし、万が一に帝国でも来ようもんならあいつは破滅だ」

「武力で航路を押さえる事も考えるでしょうけど、それだけじゃダメね。別のルートを探されるだけだわ。何より武力じゃ帝国には敵《かな》わない」

「……だったら根本を叩《たた》いてしまえばって事かしら。なるほど、そういう事なのね。それですと、彼が後々何をしようとしてるかもわかりますわね」

不機嫌そうに、眉間《みけん》へシワを寄せるライザ。太朗がそれに「あぁ」と同意を示し、こつこつと机を叩いた。

「裏航路の存在に気付いたら、あいつはアルファステーションのスターゲイトをぶっ壊すだろうな。どうせ帝国が遠征してこねぇんなら、第１級だろうがなんだろうがお構いなしのはずだ。そうすれば俺達が帝国軍であろうとそうでなかろうと関係が無くなる。アルファ星系を潰《つぶ》せば何もかもが解決だ」

しんと静まり返る応接間。

「ねぇ、テイロー。それって、私達のせいって事にならない？」

深刻な表情のマール。太朗はそれに「まぁな」と返し、続ける。

「帝国軍かと思ってたってのは向こうの勝手な勘違いだけど、俺達が新航路を教えちまったせいで大元を封鎖しようって発想になるわけだからな。けどよ、かといってＥＡＰアライアンスを見殺しにしたら、今度は今以上にデカくなったディンゴがやって来るだけだと思うぜ。それに、知ってるだろ。『アルファに農業ステーションは無い』んだ。輸入が止まれば待ってるのは完全な服従だ」

「そう……じゃぁ――」

諦《あきら》めたように、肩を竦《すく》めるマール。

「頑張るしかないわね」

第3章　バトルオブアルファ〈1〉

　EAPアライアンスとの戦争が開始されてから約3ヶ月。ディンゴは順調に推移する戦況に満足していたが、EAPの想定以上の頑強さに疑問を感じていた。

「おかしいな……あいつが嘘《うそ》を言うとも思えねぇ。どっかに穴が空いてやがるはずだ」

　TRBユニオンのメンバーが想像していた通り。しかしその予想よりも遥《はる》かに早く、ディンゴは封鎖帯の抜け道について感じ取っていた。

　彼がEAPに対して疑問を持ったのは、初期の攻撃によってEAPの艦隊へ打撃を与えた後の和平交渉の場においてだった。EAPに常備艦隊の数は少なく、補給のつかない彼らに継戦能力は無いはずだった。ましてや、開戦までに3ヶ月もの間を封鎖していたにも拘《かか》わらずだ。

「冗談は休み休み言いたまえよ、ディング・ザ・ディンゴ。我々は君に屈しないし、戦う用意は出来ている」

　EAPの代表は、和平交渉の場でそう言い放った。無茶な要求額を送り付けていたし、ディンゴとしても現状で和平が成るとは思っていなかった。しかし、彼らがああいった強い態度に出る事は完全に予想外だった。彼らは、『かかってこい。相手になってやる』と言ったのだ。当然ディンゴは怒り狂ったが、言ってしまえばそれだけだった。彼にとっては、予想がはずれた事についての疑問の方が大事だった。

「カリフォルニア星系に新たな航路を築いた可能性はありませんかね？」

駆逐艦の艦長席へ座るディンゴへ、彼の部下が発する。ディンゴはそれを「ありえねぇな」と一蹴《いっしゅう》すると、つまらなそうに手を振った。

「片道3ヶ月もかかるザイードルートをいったい誰《だれ》が通るってんだ。ましてや帝国初期のスクラップ地帯をだぞ。今頃《いまごろ》ワインドがくさるほど溢《あふ》れてる事だろうよ……あるとすれば――」

ディンゴは言葉を切ると、モニタに表示された星系図を指差した。

「アルファからの直行ルートしかありえねぇ。クソが付く程にムカツク事だが、ＥＡＰは俺の領地をかすめて輸送を行ってやがるわけだ」

ディンゴの声に「しかし」と返す彼の部下。ディンゴは「しかしじゃねぇよ」と不機嫌そうに返すと、机を強く蹴《け》りつけた。机は度々新調しているものの、既にぼこぼこになってしまっている。

「あのあたりはニューラルネットが繋がらねえって言いてぇんだろ、クソが。んなこたぁわかってる。おめぇよぉ、例のアンティークシップについて調べたか？」

ディンゴの質問に、無言で俯《うつむ》く部下。

「おうおう、俺のまわりにはまともな部下のひとりもいねぇのか。いいか、良く聞け低能野郎。あの船はTRBユニオンのライジングサン所属だ。代表はテイロー・イチジョウ。恐らく通信で話したヤロウだな。ネットワークに公開されてる特徴と一致する。ガキだ」

ディンゴはアンティークシップと呼んだ船との通信内容を思い返すと、燃え上がりそうになる怒りをなんとか鎮めようと努めた。

「まだ一年にも満たねぇ新生コープだが、既に200を超える大所帯だ。株式を公開してねぇから詳しい内情はわからねぇが、戦闘艦をメインとした輸送会社って話だ。結成はワインドが活発になりやがる前。その当時にそんな業態の会社をひとつでも聞いた事があったか？　戦闘艦をメインに据えた輸送会社なんて馬鹿馬鹿《ばかばか》しい形だぞ？　俺はねぇ。こいつらは『何か』を知ってやがったんだ」

ディンゴはポケットからパルスチップを取り出すと、それを無造作に握り潰した。そこに入っていたのはライジングサンに関する情報で、それはもう彼には必要が無かった。全《すべ》て頭の中に入っている。

「奴等《やつら》が得意としてるのは、誰も知らねえような航路を使った武装船による輸送任務だそうだ。なぁおい、どこかで聞いたような話じゃあねぇか？」

ディンゴはシートを降りると、管制室中央に置かれた戦況マップを眺めた。

「今のEAPに大規模艦隊戦が出来る程の余裕はねぇ。やるなら今だ………船を集めろ。アルファ方面の宙域を虱潰《しらみつぶ》しに調べ上げるぞ」

　ディンゴがその鋭い視線をアルファ星系へと向け始めた頃《ころ》、太朗達はようやく片付いた事務仕事にほっとひと息を吐《つ》いていた。溜《た》まっていた事務仕事は膨大だったが、優秀な部下達が最大限のサポートをしてくれた。

　太朗達は今、来たるべき戦いに向けた準備をする為《ため》、アルファ星系へ向かう船へと乗り込もうとしていた。元よりディンゴとは戦いになるだろうと予想していたベラを説得する必要は無く、彼女は太朗が促すより前に準備を進めていた。ＴＲＢユニオンとしての意思統一は成った事となる。

「そんじゃクラーク本部長。そういうわけで、これからも本社を頼んだぜ」

　プラムの停泊する室内ドック。そこで太朗が見送りに来ていた部下へ向かって言い放ったひと言。ライジングサンが社員の一般公募を開始してから4番目という、若い会社ながら古株として働いてきたＣ・クラーク本部長――Ｃは名前であるキャプテンを表すが、彼はそう呼ばれるのを嫌がった――は、信じられないといった表情で太朗の方へと目を向けてきた。

「その、社長。この内容では、私は取締役になってしまいます」

　クラークの手元に残されたチップには、太朗達が不在の間、事実上の経営権を彼が行使可能であるとされた新雇用契約書が入っていた。簡潔に言えば、社長代行というやつだ。

「や、大丈夫っすよ。クラークさん優秀だし、船に乗れない事以外は完璧《かんぺき》っしょ」

のほほんと言い放つ太朗《たろう》。クラークは船舶の操縦に関してはからっきしだったが、経営についての才能は誰もが認める所だった。常に船でそこら中を飛び回っている太朗とマールであるがゆえ、ライジングサン本社は取締役が不在である事が多い。それでも会社が上手《うま》く回っているのは、このクラーク本部長の存在が実に大きかった。

「ええ、名前はキャプテンですが、確かに船の操縦は出来ません。しかし社長、デルタステーションの条例に従えば、私はライジングサンの資産の3％を受け取る事になってしまいますよ？」

怪訝《けげん》そうにそう語るクラーク。そんな彼に「おけ」と軽く返す太朗。太朗はクラークという人間が聖人だとは思っていなかったが、信用に値する人間である事は良く知っていた。真面目《まじめ》で、不正を嫌い、有能である。これは非常に稀有《けう》な人材だった。

「いいよ、あげる。その代わり頑張ってね。さっきも言ったけど、その――」

太朗は言葉を区切ると、ずいとクラークへと顔を近付けた。

「俺が戻らなかった時は、みんなを頼むぜ。這《は》ってでも戻ってくるつもりだけど、万が一の時はね」

にこりと笑顔を作る太朗と、戸惑いを見せるクラーク。太朗は「そんじゃ」と手を振ると、タラップへ向かって走り出した。彼は自分が死ぬとは思っていなかったし、そのつもりもなかった。しかしどんな場合にも備えというものは必要であり、用意しておいて困るものでもなかった。

「えぇ、了解しました！　ですが私はまだまだ半人前の経営者です。今社長にいなくなられては困りますよ！」

苦笑いと共に、大声でクラーク。太朗はそれにもう一度手を振り返す事で応《こた》えると、マールの待つエレベータータータラップへと乗り込んだ。

「ん、結局クラーク本部長に全部押し付けて来たの？」

上昇していくエレベータータータラップの中で、壁に寄りかかったマールが発する。太朗は彼女に「人聞きが悪くね？」と笑いながら返した。

「一応溜まった書類は片付けてきたし、胃が痛くなるような判断が必要なものも無かったはず……だと思う。たぶん」

太朗は目線を上げ、仕事内容を思い出しながら答えた。マールは「たぶんって何よ」と呆《あき》れた調子で、太朗の額を指先で小突いてきた。

「でもまぁ、クラーク本部長ならうまくやるでしょうね。帝国大学出のエリートだし、人望も厚いわ。あんた、うかうかしてるとヤバイんじゃないの？」

にやにやと、からかうようにマール。太朗はそんな彼女に「うぐぐ」とうなってみせると、開いたドアから船内へと乗り込んだ。

「みんなにはそれなりに好かれてるとは思うけど、本部長と比べると自信ねぇな」

「そりゃそうでしょ。何ヶ月も留守にする社長より、いつも傍《そば》にいる本部長の方が頼りになるもの」

「そっかぁ……って、お前も副社長として同じ立場じゃねぇか」

「エヘヘ、そうね」

ふたりは船内へ到着すると、真《ま》っ直《す》ぐに艦橋へと向かった。艦橋では事前準備を行っていた小梅《こうめ》がふたりを出迎え、ものの数分もしない内に発艦準備が整った。

「そいじゃ行きますかー。巡洋艦プラム、発進！」

各種弾薬や砲塔《タレット》等を満載したプラムは、いつもよりほんの僅《わず》かだけ重そうに旋回を行うと、外で待ち構えていた12の戦闘艦と共にアルファ星系へ向けたジャンプを開始した。


〈2〉


「設置型のセンサーに反応？　デブリか何かじゃなくてか？」

アルファステーションの一室。ライジングサンの社員用に作られた宿泊所の個室で、アランが眠たそうに目をこすりながら訊《たず》ねた。宇宙ステーションに作られた人工的な夜の真っ最中であり、アランは腕に直接貼《は》られた電子シートの時計を見て舌打ちをした。

『デブリは途中で軌道を変えたりはしないだろう。十中八九、当たりだね』

通信機から聞こえるベラの声に、こりゃいかんと飛び起きるアラン。彼は大急ぎで身支度を整えると、桟橋へ向かって走り出した。

「ドックの連中に船を暖めておくように伝えてくれ。相手の数はどれくらいだ？」

『もう伝えてあるよ。向こうは全部が船だとすると、およそ30の大艦隊だね。今ステーションのスキャンを動かしてるから、しばらくすればもっと詳しいのが出るよ』

アランは人気《ひとけ》の無い連絡通路をひたすら走ると、高速移動レーンを通じて桟橋へと出た。いつもであればもっと人影の少ないだろうそこだが、見知らぬ艦隊の出現に色めき立っていた。

「ベラ、避難命令は出さないのか？　連中、混乱してるぞ？」

『もう出してるよ。ただし順番に少しずつね。一気に桟橋へ押し寄せてみな、衝突事故のひとつやふたつじゃ済まないよ』

ベラの答えに、もっともだと頷《うなず》くアラン。考えてみればベラはアルファステーションの管理者であり、長年に渡って統治を続けてきた女である。アランがわざわざ口を出すまでも無さそうだった。

彼は防衛用にと残されていたライジングサンの駆逐艦を素通りすると、その奥に停泊している変わった形の船へと向かった。しばらくすると閉じられたゲートの前へと到達し、アランはそっと扉へと触れる。すぐにBISHOPへ浮かんだ暗号関数の文字。

——暗号要請　キー：電動？——

——暗号回答　キー：こけし——

アランの答えにゲートが反応し、ゆっくりと扉を開けていく。アランはもどかしいとばかりに隙間《すきま》へ身を入れると、こじあけるようにして先を急いだ。

「ウィズ・アラン、発艦準備出来てます！」

船へ乗り込むと、待ってましたとばかりにアランの部下が叫んで来る。アランは手を挙げる事でそれに応えると、すぐさま船を発進させた。

「ポール、状況を教えてくれ」

「ポイントB9付近に多数の動体反応。その後B8方向へ向けて15分程を移動しています。巡航速度に異常値はなし」

「真横に移動、か……こっちの様子を見てやがるな。ろくに防衛部隊がいないとわかればすぐにでもやってくるぞ。ダミービーコンは？」

「はい、起動済みです」

便利屋時代からの付き合いであるポールのきびきびとした返答に、満足の頷きを向けるアラン。彼はスキャンをかけてダミービーコンが起動している事を確認すると、そちらへ向けて舵《かじ》を切った。ダミービーコンは簡単な移動を行う事が出来る小さな発信機で、相手のレーダースクリーンには船舶として表示がされているはずだった。

アランは一見何も無い空間へと出ると、宙へ浮かぶダミービーコン艦隊の旗艦のように振る舞った。相手の動きに合わせて艦隊を動かし、あたかも大艦隊の指揮を執っているように見せかける。

「主力がまだ来てねぇんだ……頼むから引き返してくれ……」

社長である太朗は、プラムと共に本社であるデルタ星系へと仕事の都合で移動していた。戦争状態という事から本来であればじっと待ち構えていて欲しい所ではあったが、残念ながらそういうわけにも行かなかった。相手がいつやって来るかわからない状態で、経済活動を止めるわけにもいかない。

アランは額から落ちる汗に気付くと、それを手の甲で軽く拭《ぬぐ》った。本来であればエアコンを強くしたい所だが、相手が熱源探知を行っている可能性を考えると難しい。1隻だけが極端に目立つという事態は、極力避けたかった。ダミービーコンにそこまで細かい調整を行う事は出来ない。

「向こう艦隊、3つに分かれました。左右へ展開するものと、正面を向かって来るものがあります」

「ちくしょう、威力偵察だ！　ベラ！　連中、来るぞ！」

『了解。でもあんた、そんなかっかしなさんな。テイローがじきにやって来るよ。それまでの辛抱さね』

通信機より聞こえる、のんびりとした声。アランはそれに「あと6時間もあるんだぞ?」と苛立たし気に返すと、ダミー艦隊をゆっくりと迎撃位置へと移動させた。

「交戦規定を破るなよ。アルファステーションは第1級だ。絶対に戦闘には参加させるな。あいつらは帝国なんぞ知った事かと思ってるんだろうが、俺達はそうは行かない」

『わかってるよ。あんた、うちらが何年ここでマフィアをやってると思ってんだい?』

「そう……だな。くそっ、久しぶりの荒事に血が上ってるな」

アランは冷静になるべきだと深呼吸をし、ゆっくりと息を整えた。急いで行動するのは良い事だが、焦るのとは違う。

「よしっ。全部隊、第1防衛ラインへ終結。繰り返す、全部隊、第1防衛ラインへ終結」

『こちら第2艦隊、了解。集結まで220秒』

『ブルーコメット了解。あたいらはもう到着してるよ』

『こちらブラックメテオ。右に同じくだ』

守備隊として分けられた3つの艦隊の返答に、アランは了解の返事をした。彼はせめて予備艦隊とでも思われればと一縷《いちる》の望みをたくし、ダミー艦隊を後ろへと下げる。自らはそのまま防衛ラインへ到達すると、第2艦隊と合流した。

『ちょいと読みが甘かったね。やっこさん、まさかこんな早く来るとは思わなかったよ』

通信機より聞こえるベラの声。アランはモニタを切り替えると、彼女の乗る赤いＨＡＤを映し出した。

「ディンゴか。まあ、恐ろしく有能か、それとも恐ろしく勘が良いか。どちらにしろ、俺達にとっては有難くない事だな」

『ふん、まだ後者の方がいくらか救いがあるじゃあないか。それより、こいつはちゃんと動くのかい？　どう見たって工事中の代物じゃないか』

ベラのＨＡＤは軽くバーニアを噴かすと、簡易防衛拠点である小型ステーションへと移動し始めた。

この小型ステーションは廃棄予定だったアルファ第4ステーションをライジングサンが急遽《きゅうきょ》買い取ったもので、急ごしらえの要塞《ようさい》と化していた。ステーション用の大型シールドや砲台、そしていくつかのジャミング装置が据え付けてある。元はれっきとした第1級ステーションだったが、正式に帝国からの破棄許可を得ており、戦闘施設として利用しても何ら問題は無かった。今や400メートルの長細い、巨大な粗大ごみという扱いだからだ。

「完成は来月の予定だったんだよ。まだせいぜいが半分程度の戦力って所だろうが、それでも無いよりは随分とマシだ。ステーションの管理局に感謝しなくちゃならんな」

『連中からすりゃお礼のつもりなんだろうさ。普通は明確な戦争自体が予見されるような状況じゃあ、廃棄の届け出なんて受理されないからね。ライジングサンは一度ワインドの群れからここを救ってるだろ？　それでさ』

アランはベラのそれに「人助けってのはやっておくもんだな」と呟《つぶや》くと、今にも接敵判定が出そうな一団を睨《にら》みつけた。レーダースクリーンに映る彼らは、まるで挑発するかのように一定の距離を旋回し続けている。

「ずっとそのまま回っててくれりゃあ、嬉しいんだがな」

アランは願望を込めてそう呟いたが、残念ながらそうはならなかった。

敵の一団はこちらへ向けて船首を揃《そろ》えると、一斉にビームジャミングを作動させ始めた。

〈3〉

ディンゴはその小さな駆逐艦の中でレーダースクリーンと戦術モニタとを見比べ、彼の部下達が良い動きを見せている事に満足を覚えていた。

「帝国に対する日ごろの鬱憤《うっぷん》が溜《た》まってますからね」

いつになく上機嫌そうなディンゴの部下。ディンゴは気を引き締めるよう咎《とが》めるかと悩んだが、結局は放っておく事にした。浮かれるのは問題だが、士気が高いという事でもあった。

「好きなだけ暴れるといい。だが、ステーションにだけは絶対に傷を付けるなよ。後々帝国人引渡しの要求が来るかもしれねぇからな。やっていいのはそれ以外だ」

ディンゴは全員へ聞こえるよう通信機を使ってそう発すると、次なる動きを考える為《ため》に腕を組んだ。

見た目の戦力で言うと、相手はこちらを大きく上回っているように見える。レーダーは敵の艦隊をふたつ検知しており、奥に佇《たたず》むそれは30隻を数えた。しかし実態はそうではないはずだとディンゴは考えている。

「こんな小せぇ星系に艦隊を集めてるはずがねぇ。EAPに余った艦艇はねぇし、TRBユニオンにもそんな企業体力はねぇはずだ」

ぶつぶつと呟くと、ディンゴは奥に控える艦隊の光点を見つめた。彼はその艦隊が十中八九ダミーだろうと確信していたが、そうで無かった場合を想定からはずすわけにもいかなかった。自分が知らないだけで、敵が別勢力からの協力を得ているという可能性もある。

「部隊を左右へ分けろ。中央は足の速い船で距離を詰めて偵察。やれるようならそのまま食らいつけ」

ディンゴの指示に従い、事前に分けてあった10ずつの艦艇が3つへと分かれた。比較的軽装で加速の付くフリゲートが正面へと向かい、強力なスキャナーを積んだ1隻を守るように隊形を整え始めた。

「あの野郎はどこだ……あの船だけは舐《な》めちゃあなんねぇ」

ディンゴは目を皿のようにすると、レーダースクリーンをじっと見つめ続けた。敵はこちらの動きに応じて何らかの行動をするはずであり、それは沢山の情報をディンゴへと届けてくれる。例えば旋回から移動へ移るまでの時間を計測すれば、その船の大体の艦種が推定できる。重い船は遅く、そうでない船は、速い。

「大型艦は……ひとつか。あいつか？」

レーダー上の光点の動きと、スキャン結果の情報をこちらに送り始めた中央部隊からのデータから、ディンゴは大型艦がたったひとつであろう事を突き止めた。

「左翼、中央の接敵に合わせて全力で駆け付けろ。狙《ねら》いは巡洋艦。エンジンスラスタが4つのやつがいたら、そいつをなんとしてでも仕留めろ」

『こちら左翼、了解。巡洋艦と思われる艦艇、特定済みです』

『こちら中央、接敵判定出ます。敵、依然として動く気配無し』

通信機からもたらされる各種報告。ディンゴは中央からのそれに、ぴくりと眉《まゆ》を動かす。

「撃ってこねぇだと？　要塞は見せかけか？」

ディンゴは事前の広域スキャンにより、大質量の構造体が存在する事は知っていた。そして敵の動きから、相手がそれを要塞として使用するつもりだろうという事も見当が付いていた。要塞砲であれば遠距離での攻撃が可能であるはずで、それが動きを見せないと言うのは不可解だった。

「ガンズの野郎、何を考えてやがる。要塞に紛れて格闘戦でもするつもりか？」

アルファ星系は離れてこそいるものの、ディンゴの隣領である。情報は良く入って来るし、偵察も良く行っていた。アルファには悪名高いＨＡＤ乗りのマフィアがいる事はディンゴも良く知っていたし、艦隊運用能力が高い事も知っていた。事実、前の戦いでは短時間で2隻もの船を戦闘不能にされていた。

「解せねえな……おい、一旦《いったん》引け。後ろの到着を待つぞ」

ディンゴは不機嫌そうにそう発すると、テーブルを強く蹴《け》りつけた。これがＥＡＰ相手であれば何も考えずに突っ込ませていただろうが、今回の相手は慎重にいくつもりだった。彼は太朗《たろう》が彼に対してそう思っているのと同程度には、太朗の事を強く警戒していた。


「相手側、引いていきます……助かりましたね」

安堵《あんど》を含んだポールの声。アランは助かったとばかりにシートへ腰を下ろすと、見開きすぎて乾いた目をぱちぱちと瞬いた。

「ふぅ……心臓に悪いな。ディンゴが用心深い奴《やつ》で助かった」

アランは深く息を吐き出すと、次はどうするべきだろうかと考えを巡らせた。彼に必要なのは時間を稼ぐ事であり、それ以上でも以下でも無かった。現時点での主力であるHADは確かに強力な兵器だが、それはあくまで接近格闘用の兵器だった。艦隊に遠距離から砲撃されては、手も足も出ない。

『あえて攻撃をしないなんて、あんたも思い切った事をするね。軍で習ったのかい？』

通信機からのベラの声。アランは「いいや」と答え、続ける。

「士官教育なんぞ受けてないよ。ディンゴは誰《だれ》が何と言おうと、熟練の指揮官である事には間違い無い。しかしだからこそ、あいつは未知の存在を警戒するはずだと読んだんだ。前の時はテイローに散々な目に遭わされてるからな。いつもよりずっと慎重になると考えるのは道理だろう？」

『へぇ。とんだ名将ぶりじゃあないかい、アラン。帰ったら一杯おごってやるよ』

「そいつはどうも。だが名将ってのは違うな。ディンゴ程の熟練相手じゃあ、俺なんかが同じ舞台で勝負した所で結果は見えてる。テイローだって恐らく同じだろう。奇策に頼るしか無いだけさ」

アランは多少自嘲《じちょう》を込めてそう返したが、それは極めて正しいはずだとも思っていた。常に前線で戦い何十年も生き残り続けてきた男を侮れるのは、圧倒的な力を持った者か、もしくはどうしようもない程の愚か者だけだろうと。

「ウィズ・アラン、遠方からの秘匿通信です。差出人はタイガーとなっています」

「タイガー……リンか？　解読してくれ。あぁいや、俺がやる。まわしてくれ」

アランはポールから暗号化されたデータを受け取ると、ＢＩＳＨＯＰを用いてそれの解読を始めた。解読に必要な固定鍵《かぎ》は事前にリンから受け取っていたが、厳重に暗号化された通信は解読に時間がかかる。

「こんな時あいつがいればすぐなんだがな……早く来やがれってんだ」

彼は今もこちらへ急いでいるはずの上司の顔を思い浮かべると、改めて彼の特異性について思い起こされた。彼はこういった暗号通信をほとんど瞬時に解読してしまうのだ。

「まるで量子コンピュータみてぇな野郎だな……よし、出来たぞ……あぁ、くそっ。こいつはあまり知りたくなかった内容だな」

リンから送られてきた通信には、ＥＡＰ側へのディンゴによる攻勢が急に弱まったという旨の内容が記されていた。アランは通信に添付されていた戦力分析データに素早く目を通すと、それが意味する事を瞬時に理解した。

「ベラ、敵の増援が来るぞ。まずい事に戦艦クラスがいる可能性がある。キロメートル級だ」

『そいつは、またしんどいね……ディンゴの野郎、こっちに主力を回す気なのかい？』

「みたいだな……あいつからすりゃあ、アルファは喉《のど》に突き付けられたナイフみたいなもんだ。意地でもスターゲイトをなんとかしようってんだろ。向こうは恐らく、ＥＡＰ側で劣勢になっても、ここをなんとかすればいずれは取り返せると踏んだんだろうな」

アランはそう言って口を閉じると、次に何をするべきかを懸命に考えた。ディンゴの訪れがあまりに早すぎた為、太朗と共に考えた作戦案の多くは無駄になってしまった。しかしだからといって考えるのを止《や》めるわけには行かないし、何も手が無いとも思いたくなかった。

「俺は失敗した事が無いのが自慢なんだぞ……こんな所で汚点を作ってたまるか。久々に本領発揮といかせてもらうぞ」

アランは思いついた意地の悪い作戦を思い浮かべると、それを実行すべくアルファステーションへ搭載された高性能スキャンへのハッキングを開始した。


〈4〉


「ボス、通信スキャナが妙な遠距離通信を捉えました」

自慢の戦艦が到着するまでの間、暇をもてあましていたディンゴ。彼は部下からの一報に顔を上げると、船体データへのアクセスを行った。

「星間空間に対しての通信？　なんだそりゃ。欺瞞《ぎまん》か？」

ディンゴは考え込むようにしてあご髭《ひげ》をいじると、しばしそれについて考えた。

誰もいない空間に向かって通信を行い、あたかも伏兵がいるように見せかけるというのは良く使われる手である。しかしそれを逆手に取り、本当にそこへ分隊を配置していないとも限らない。

「指向性スキャンをかけろ。場所は割り出せてるな？」

ディンゴの指示に従い、すぐさま高性能スキャナを積んだ別の船へとスキャンの要請が出される。強いスキャンは自分の位置を正確に晒《さら》してしまう事になるが、これだけ堂々と敵前に居座っていてはバレようとなんだろうと関係が無かった。

やがて数分もしないうちに送られてきた情報に、ディンゴはうなり声を上げた。

「小型のデブリ、もしくはステルス艦と思わしき艦影多数か……通信は双方向か？」

「はい、返信が来ているようです」

「じゃぁデブリじゃあねえ。電子戦機が多数って事か？　くそっ、急いで反ドライブ粒子をありったけばらまけ！　そこらじゅうにだ！」

「ボス、そんな事をしたら味方の到着が遅れますよ？」

「んなこたあわかってる！　いいから言われた通りにしろ！」

ディンゴは部下を殴りつけたくなる衝動を抑え込むと、今後はもう少し戦術的な思考を行える部下を育成しようと心に決めた。

「ライジングサンがどれだけ稼ぎ出してるのかは知らねぇが、複数の電子戦機が買えるだけの財力があるとは思えねぇ。だったらとっくに戦艦だのなんだのがアルファを守ってるはずだろう。通信先のそいつは、間違いなく帝国の艦隊だ」

ディンゴは部下に説明をしながらも、次の一手を考え続けた。帝国の電子戦機がいるとなると、現状の装備では一方的に叩《たた》かれる恐れがある。幸い反ドライブ粒子の散布は間に合った為、突如目の前に大艦隊が現れるといった事態は避けられそうだった。

「ジャマー装備を全部換装しろ。ロックオンスタビライザーと……そうだな。スキャンスタビライザーがいい。全艦艇だ」

かつてディンゴが駆け出しのアウトローだった頃《ころ》、たった5隻の電子戦機に40からなる艦隊が殲滅《せんめつ》されたというニュースを目にした事がある。

5隻の電子戦機は強力なロックオンやスキャンジャマーを発生させ、艦隊の攻撃の一切を封じたのだ。目視で攻撃しようにもステルス化されているために標的を探せず、彼らは一方的に殲滅されていた。それこそ、1発も発射する事が出来なかったらしい。

もしいくらかでもスタビライザーを積んでいれば結果は変わっていたかもしれないが、そのニュースはディンゴに衝撃をもたらした。彼はその日以来、必ず予備のスタビライザーを艦艇に配備するようにしていた。

「だが、これで帝国と奴らの繋《つな》がりが確実になった。こいつは悪くねぇ収穫だ」

ディンゴはひとりごちると、悪い面ばかりでは無いと自らを慰める事にした。

「やあ、アラン。どうした。君からの連絡とは珍しいね。軍に戻る気になったのかい？」

通信機に映る、見下したような目のディーン。アランはそんな彼を無表情で眺めると、

「変わってないな」と小さく発した。

「残念だが、君らの戦いに関《かか》わる気は無いよ。君にも、ディンゴにも肩入れはしない……

しかし、良く我々の位置を特定出来たな。そんなに強力なスキャナを積んでるようには見えないが」

「ん、ステーションの大型スキャナをちょいと借りてね。それと、あんたを巻き込むつもりは無いさ。もう目的は果たせたしな」

アランは通信機に映るディーンの不可思議そうな顔を眺めると、無造作に通信を終了した。彼の船に積まれたセンサーはディンゴの艦隊から帝国分遣隊の方へと放たれたスキャン粒子を感知しており、もはや目的にはそれで十分だった。ディンゴはこちらと帝国軍との関係を疑っており、帝国軍艦隊の存在をディンゴが警戒しないはずが無かった。

「さあ、これで随分と時間が稼げたぞ。俺にやれるのはこの辺が精一杯だな」

アランは大きく息を吐くと、満足したとばかりにシートへ大きくもたれかかった。

〈5〉

ディンゴがアルファへ到達してから、およそ4時間ばかり。アランの乗った新造艦が遠距離に到着したディンゴ増援部隊の姿を捉《とら》え、クルーに緊張が走った。

「でかいっすね……あんなに遠くにいるのに、スキャンで簡単に見つけられます」

ポールがうんざりした表情で、レーダースクリーン上の光点を見つめながら言った。

「まあ、な。腹立たしい事に、これからあれを相手にドンパチしなきゃならん。あれの艦種はわかるか？」

アランがポールに尋ねた。ポールは少し考えた様子を見せた後に口を開いた。

「えぇ、ディンゴが所持している戦艦は2隻。両方ともダヴ級のはずです。新造したという話は聞いてませんから」

「ダヴ級というと、高速戦艦か……機動戦が得意そうなだけはあるな」

アランは艦種から想像できるディンゴの戦術をいくつか思い浮かべると、対処の最もむずかしいだろうそれを考えた。

「高速艦だとすると、戦艦を盾にしての突撃は無いな。遠距離からの狙撃《そげき》も難しい。部隊を分けて、中距離からの要塞《ようさい》攻撃が鉄板か」

ぶつぶつとひとり呟《つぶや》くと、先ほどようやく繋がったプラムへと通信を開くアラン。

「テイロー、エンジンを焼き切るつもりで急いでくれ。やっこさん、早ければ1時間もしないうちにやってくるぞ」

徹底的に暗号化された通信。しかし返答はすぐに返ってくる。

『うぃっす。今全力で向かってるけど、やばそう？』

「おう、相当な。相手は戦艦1、巡洋艦4、駆逐艦8のフリゲートが32。バランスの良い、出来た艦隊だ」

『うげぇ、そんな来てんのか……って、戦艦？　戦艦がいるの？』

「1キロ超えのダヴ級がいるな。恐らくディンゴの主力打撃艦隊だろう。接敵したら5分も持たんぞ」

『ひぃぃ！　お願い、もうちょっとだけ踏ん張って！』

アランは太朗《たろう》へ無茶を言うなと言い返そうとするが、息を吸った所でそれを取り止めた。太朗が急いでいるのは重々承知しており、急《せ》かした所で到着が早まるわけでも無かった。

『アラン、向こうに動きがあるよ！』

通信機へ、緊急割り込みして来たベラの声。アランは太朗との通信を切ると、すぐにディスプレイへと目を移した。

「前哨《ぜんしょう》部隊が来るな。こりゃあ、はじまるぞ」

アランは短く発すると、各船へ向けた戦闘用意の発信を行った。

「うぅ、やばいやばい。いそがねえと」

眉間《みけん》にシワを寄せ、船のエンジンまわりの情報を睨《にら》みつける太朗。そうする事で船が速くなる事など無いとわかりきってはいるのだが、焦る気持ちがそうさせた。アルファ星系に戦艦を相手取れる戦力は無く、急がねばならなかった。プラムの実弾であれば、戦艦相手にも十分な効果が期待出来る。

「ねえテイロー。気持ちはわかるけど、ちょっとは落ち着きなさいよ」

いつの間にそこへいたのか、飲み物を差し出して来るマール。太朗はそれを受け取ると、渇ききった喉を潤すべく一気に吸い上げた。

「がっ……あづっ!? お茶あづぅ！」

「おお、これは良い反応ですね、ミスター・テイロー。リアクション芸人枠としてやっていけるかもしれませんよ」

「いや、カップを持った時点で気付きなさいよ……」

太朗は楽しそうに笑う小梅《こうめ》を他所《よそ》に、マールから再び差し出された別のカップを今度は慎重に呷《あお》った。冷たい液体が喉を流れ、焼けた喉を癒《いや》していく。

「ふぅ……まじで死ぬかと思ったぜ。ストローで熱い飲み物を一気にいくのは自殺行為だな……ん？」

喉《のど》を手で押さえながら、急に真面目《まじめ》な顔へと戻る太朗。彼は「大丈夫？」と心配そうなマールを手で制すると、考え込むように下を向いた。

「倉庫……倉庫にワープのスタビライザー、あったよね？」

ぼそりと呟く太朗。それに「ええ、詰みっぱなしの在庫が」とマール。

「なぁ小梅。ちょっと聞きたいんだけど、今積んであるスタビライザー全部連結したら、長距離ジャンプ出来たりする？」

「……理論上は、と申し上げればよろしいでしょうか。ミスター・テイロー」

「ちょ、ちょっと。あれ全部繋げるつもりなの？　どうやってそんな大量の情報を……って、そっか。あんたなら」

何かに気付いたように、トーンダウンするマール。彼女はポケットからモバイルを取り出すと、素早くそれを操作し始めた。

「ワープスタビライザーが32機、その内同型が24。24なら繋げられるけど……全部『いじる』事になるわよ？」

マールはいじるという部分を強調して言うと、太朗へと目を向けてきた。太朗はマールの言わんとする事がわかり、頷《うなず》く。

「全部おじゃんになるってこったろ？　仕方ねぇよ。金なら後で稼げばいいじゃん」

「まあ、ね……わかったわ。15分……いえ、10分で組み上げて見せるわ」

マールは自らのシートへ戻ると、両手で顔を押さえ込むようにしてうずくまった。太朗は心配になって覗《のぞ》き込もうとするが、彼女の作業する様子はBISHOPの方でしっかりと確認できた。

「うぉぉ、すげぇな。速すぎて全く追えねぇ」

太朗の目に映ったのは、信じられない速さで組み上げられて行くワープスタビライザーの制御関数。無数に散らばる細かい制御が次々と組み合わさり、複製され、派生していく。太朗もやろうと思えば似たような事は出来なくも無い――実際にゴーストシップで機械制御の改良を行った――が、このような速度で行うのは明らかに不可能とわかるレベルだった。

「数回のオーバードライブでおよそ1千万クレジットの損失。戦後、ミス・マールが落ち込むだろうと想像がつきますね」

「へへ、だろうな。でも、その価値はあると思うぜ」

腕を組み、マールの合図を待つ事10分前後。太朗はマールの親指が上へ向けられている事に気付き、気合を入れる為《ため》に自らの頬《ほお》を強く叩いた。

「いよっしゃ！　次は俺の番だな！」

太朗は飛び乗るようにしてシートへ収まると、24のワープスタビライザーが全《すべ》て同時に

リンクするよう、並列作業を開始した。

〈6〉


青い閃光《せんこう》がほとばしり、どこか遠い場所へと消えて行く。

「下手くそ！　当てるんならもっときちんと狙《ねら》うんだね！」

ベラは遠目に見える敵の戦艦に向かって吼《ほ》えると、背中を流れる冷や汗をごまかすようにＢＩＳＨＯＰへと意識を集中した。

——**分隊管理　縦陣**——

ベラの機体から送られた通信が各ＨＡＤへと届けられ、彼らは敵に向かって素早く一列に整列する。先頭には重装甲のＨＡＤが立《た》ち塞《ふさ》がり、いくつか飛来する狙いの良いビームをシールドで弾《はじ》いていく。

「射程内のフリゲートが14……駆逐艦が3……散開するよ」

——**分隊管理　ルート1～5：Ａ小隊**——

——**分隊管理　ルート6～10：Ｂ小隊**——

ベラは部隊を瞬時にふたつへ分けると、各々《おのおの》の狙い易い標的への接近ルートを導き出す。

一見するとでたらめに散開したかのように見える10のＨＡＤは、その実計算されつくしたルートで敵艦へと接近して行った。

「狙いは砲塔《タレット》とエンジン、艦橋は放っておきな」

叫ぶと同時に、自らも高速で移動を開始するベラ。HADが彼女の自律神経系から送られるBISHOP関数を反映し、彼女がぎりぎり耐えられる重力加速度での移動を始める。

本来HADで使用する関数と通常の関数を並行して使うのは非常に難しい事だったが、集団掌握制御のギフトを持つ彼女にどうという事は無かった。HADの制御と制御の合間に訪れるわずかな時間さえあれば、彼女は部隊の指示を十分に行う事が出来た。

『こちらDR04、ターゲットAの1番砲塔を破壊した』

『こちらDR02、ターゲットBに接近中。援護を頼む』

『DR09、DR03が被弾したようだ。一時帰投を求めている』

『こちらDR06、DR02の援護に入る』

通信機から次々と送られてくる報告。ビームを避ける為の急加速、急停止にうめき声を上げながらも、ベラはそれぞれに適切な指示関数を送り返していった。

「ブルーコメットよりアランへ。そっちの様子はどうだい。こっちは狙いを付ける相手に困る事は無さそうだよ」

『こちらドライブルーン、こっちも似たようなもんさ。それと予想通り相手は手練《てだ》れだな。要塞の砲塔からうまい事逃げやがる』

「かき集めた連中は？」

『即席の艦隊にしちゃあ頑張ってくれてる。だが、時間の問題だろうな』

アランの答えに、ベラはそこそこ満足だと笑みを浮かべた。状況は芳しくなかったが、一方的な戦いになっていないだけマシというものだった。

ベラはアルファの防衛にあたり、避難していく宇宙船乗りから義勇軍を募っていた。相手の戦力は誰《だれ》でもスキャンで簡単に調べる事が出来る為、大軍を相手に名乗りを上げる者はわずかしかいなかったが、ベラとしてはそれに満足していた。そもそもがゼロを覚悟していただけに、それは意外ですらあった。

「こんなど田舎のステーションでも、体を張って守ろうって馬鹿《ばか》がいるもんだねぇ……ひと山当てようって連中もいるみたいだけど」

『はは、お前さんの統治が気に入られてる証拠だろう。後者については、どこにでも少なからずいるもんだしな』

ベラはアランの指摘にふんと鼻を鳴らすと、照れ隠しに「ところでさ」と続けた。

「うちのエースはまだかい。もう結構経《た》ったと思うんだがね」

『予定だと残り一時間もしないうちに到着するはずだ。今ドライブ中らしく、連絡がつかん』

「一時間ねぇ……それまで持つといいんだけど」

各種報告の合間に聞こえる、仲間の悲鳴や撤退の声。まだ敵の本格的な攻勢がかけられているというわけでも無いのに、すでにそれなりの被害が発生している。目を向ければ火を噴き上げる友軍艦の姿が見え、防衛側は全面的に後退を開始している。今のところベラの部隊に損傷は出ていないが、それも時間の問題だと思われた。

「それに、坊やが来てもアレがなんとか出来るかはわからないね……」

ベラは大きく迂回《うかい》しながら要塞《ようさい》へ向かい来ている大きな光点を眺めると、再び部隊を率い始めた。あまり好ましくない状況だが、今はやれる事をやるしかなかった。

〈7〉

何らかの偶然を挟む余地も無く、ゆっくりと、そして確実に押していく前線。ディンゴは戦場の流れが思い通りに推移していく様を、にたりとした笑みで見守っていた。

「意気込んで臨んだわりにゃあ、歯ごたえがねぇな」

火力の投射を全力で行っているわけでもないのに、戦況は明らかに自軍有利の流れとなっている。要塞とＨＡＤとの組み合わせによる防衛の為に攻めあぐねてこそいたが、それは要塞砲さえなんとかすれば良いだけの問題だった。要塞砲が無くなれば、後は遠距離から戦艦で一方的に叩《たた》ける。向こうにそれだけの飛距離を持った砲は存在しないし、ＨＡ

Dはあくまで接近戦用の兵器だった。イレギュラーはありえねぇ……おい、奴《やつ》はまだ動かねえのか！」

「慎重に慎重を重ねてるんだ。

怒鳴り上げると共に、ディンゴは机を蹴《け》り上げた。もう慣れたものなのだろうか、何の動揺も見せずに「いいえ」と答えてくる彼の部下。

「4発の巡洋艦は、依然として要塞周辺でビームによる射撃を行ってきています。実弾を飛ばしているようには見えませんが……」

ディンゴの部下はそう発すると、大型ディスプレイを軽く仰いだ。そこに映し出されたのは不鮮明ながらも見間違えようの無い、4つのスラスタをつけた巡洋艦の姿。

「ある程度至近距離じゃねぇと扱えねぇのか？　どういう仕組みかはしらねぇが、ありえねぇ話じゃねぇな……引き続き警戒しろ。妙な動きがあればすぐに報《しら》せるんだ」

ディンゴは忌々《いまいま》しいとばかりに巡洋艦の姿をにらみつけると、己に慎重になるように言い聞かせた。下手に突撃をして乱戦を行えば、例の帝国艦隊が隙《すき》に乗じて来る可能性がある。戦況は有利に運んでおり、焦って危険を冒す必要は無い。

「敵駆逐艦撃沈、フリゲート大破、及び中破。HADを2機破壊……ん？」

淡々と戦果を読み上げていた部下が、小さく妙な声を上げた。神経質になっていたディンゴが「なんだ！」と怒鳴り上げると、部下はその場で背筋をぴんと伸ばした。

「はっ！　前方向遠方より、空間予約が入りました。拒否も何も既に反ドライブ粒子が撒《ま》かれていますので、そのままキャンセルとなったようです」

「ドライブ粒子……前方ってこたあ帝国はねぇな。援軍か？　数はいくつだ」

「数は、恐らく1隻です」

「恐らく？　はっきりしねぇな。つうか、1隻で何をしようってんだ？」

「わかりません。空間予約のサイズは巡洋艦より大きいのですが、戦艦クラスというわけでは無さそうです。空間自体は小さいのですが、反応している粒子の数が非常に多いようですね」

ディンゴは部下の報告に「わけがわからんぞ」と首を振ると、あごに手をあてながらシートへ収まった。

「くそっ、あの野郎と関わってからわけのわからん事ばかりだ。いっそ――」

ディンゴが「一気にカタを付けてやろうか」と続けようとした時、部下の「えぇ!?」という驚きの声が船内に響いた。

「空間予約、固定されました！　我々の後方です！」

「なっ!?　ふざけろちくしょう！　電子戦機でも無理な量を撒いてるんだぞ！」

「対象、ワープインします！」

部下が素早く顔を向けた大型ディスプレイに、ディンゴも同じ様に顔を向ける。船外モニタが映し出すそこには、真っ青に塗り固められた光の弾が集まり、今まさにワープが終了しようとしている姿が確認できた。

「…………やられた……正面のあれはダミーか！　ちくしょう！　舐《な》めやがって！」

吼えるように叫ぶディンゴ。彼の目には、忘れようの無い4つのエンジンスラスタを備えた巡洋艦の姿。ワープを終了した巡洋艦は勢いのまま高速で駆け抜けると、ディンゴ艦隊の後方へと位置取った。


〈8〉


「うぉぉおおおおぇぇぇえっ…………ぺっぺっ。くそっ、気持ちわりぃ……これやべぇな。二度とやりたくねぇ」

プラムⅡ管制室の座りなれたシートの上で、いつも以上の吐き気に襲われている青い顔の太朗《たろう》が嘔吐《えず》きながら言った。

「嘔吐き方がまるで40代のおっさんでしたよ、ミスター・テイロー。それより、大変な場所へ出てしまったようです」

いつも通りの冷静な声で、小梅《こうめ》が太朗へ向けて言った。太朗は「何が？」と顔を上げると、プラムのまわりに散らばる大量の光点に驚きの声を上げる。

「ちょぉっ、これ、敵陣のど真ん中じゃねぇか!?」

「テイロー、これどうするの!?」

「どうするったって！　え、エンジン全開！　回避運動！　迂回軌道で！」

太朗の声に従い、船体を大きく回頭させるプラム。４つのスラスタが眩《まぶ》しい光を発し、太朗達へ強力なGを発生させる。

「識別信号《コールサイン》には当然反応無し。恐らくディンゴの艦隊でしょう、ミスター・テイロー」

「んなこたぁ……わかってる……よ！」

体にかかるGに、歯を食いしばる太朗。彼は十分な加速がついた事を確認すると、一旦《いったん》船の速度を少しだけ落とした。

「全タレット開いて！　弾頭装填《そうてん》！」

プラムのタレットベイがスライドする形で船体へ隠れ、代わりに各種砲塔がせり上がってくる。丁度そのタイミングでプラムに対する敵からの攻撃も開始され、あっという間に激しい撃ち合いへと発展した。

「敵９番、10番小破。24番中破。シールド残量94%」

「初弾にしちゃ上出来やね！って、シールド減るのはやっ！」

「これだけ撃たれてれば減りもするわよ！」

四方八方から飛来する、青い閃光。まるでプラムが巨大な重力を発生させ、全《すべ》てがそこへ引き寄せられるかのように、あらゆる方向からビームが降り注ぐ。

「マールたんジャミング！　小梅、あのでかい船に寄せて！」

大きく、緩やかなカーブを描きながら進路を変えるプラム。傍《そば》へいた巡洋艦サイズの船へ鼻先を向けると、真《ま》っ直《す》ぐに突き進み始める。

「喰らえっ！　誘導弾ってなぁこんな事もできんだぜ！」

太朗の指示に従い、タレットより射出される弾頭。４つの弾頭は目先の巡洋艦へと向かい、その船体を食い破る。

「敵のタレットを狙《ねら》い撃ったの!?」

信じられないとばかりに叫ぶマール。太朗はいくらか得意げな調子で「もいっちょ」と次弾を発射する。

「これは良い壁ですね……ミスター・テイロー。貴方《あなた》の発想には、時々非常に驚かされます」

プラムは素早く減速すると、動きを止めた敵船を壁にするように、砲火の激しい方向から見て死角になる位置へと移動した。太朗の放った2射目は巡洋艦のエンジンスラスタを撃ち抜いており、敵艦はもはやシールドを持った浮遊物と化していた。

「ぐへへ、いくらなんでも仲間は撃てねぇだろ……撃てんのかよ！」

あくどい顔で呟《つぶや》く太朗だったが、それはすぐさま驚きへと取って代わった。一瞬沈黙しかけた敵の砲撃が、再び開始されたからだ。

「理屈はわかってても、普通なかなか出来ねえだろ……くそっ、冷静な上に良く訓練されてやがること！」

完全に戦闘状態となった今、人質を助ける余地は無い。であれば人質ごと撃ち抜くのが正しい戦術ではあろうが、乗っているのが仲間となると中々出来るものでは無い。しかしディンゴの艦隊はわずかな逡巡《しゅんじゅん》から攻撃を再開しており、これは彼の統率が非常に優秀である為《ため》だろうと太朗には思えた。

「ただ脅されてるだけかもしんねぇけどな……アラン、おいアラン！　聞こえてるか！」

興奮のまま、通信機へ向かって叫ぶ太朗。やがて通信機に見慣れた男の顔が映ると、彼は『待ちくたびれたぞ』と返答してきた。

『随分遅かったじゃねぇか。あんまりに暇なんで先に始めちまったぞ』

「へへ、そいつは悪かったね。でも予定よりも30分も早く到着したんだぜ？」

『あぁ、わかってるよ。いったいどんな魔法を使ったんだ？　後で聞かせてくれよ』

「おうおう、自慢話は大好きだからな。それより状況はどうなってるん？」

『ご覧の通りの有様さ。要塞砲は75%が損失。今じゃぁただの壁だな。戦力としては3割かそこらがやられたか……それよりテイロー、ビームジャマーに出力を集中させるといいぞ。おもしろいように逸《そ》れてくれる』

「まじで?……おぉ、マールがびっくりしてるぜ。向こうさん、戦闘だってのにビームスタビライザーを積んでねぇのかな?」

『ふふ、どうだろうな。さっきちょっとした嘘《うそ》をついてやったんだが、それに引っかかってくれたんだろう。二度目はないだろうが、今回はうまく行った。それよりテイロー、アレを頼むぜ』

ディスプレイの向こうで、親指を傾けて見せるアラン。太朗はそんなアランに「それこそ後で聞かせてくれよ!」と応《こた》えると、彼が示したと思われる大物へと意識を向けた。

「戦艦か……でっけぇな。長さで2倍弱って事は、サイズで言うと6倍くらい?」

「肯定です……24番大破。3番撃沈……ミスター・テイロー。ダヴ級ですので、質量はこの船の約5.5倍ですね」

「うへっ、そいつはまたすげぇな。でも——」

レーダースクリーンに映る、ひときわ大きい光点をにらみつける太朗。

「ドでけぇスクラップに変えてやるぜ。喰らいやがれ! プラムの秘密へきいっ!」

太朗の号令に合わせ、今まで開く事の無かった2つのタレットベイがゆっくりとその蓋《ふた》を開ける。

「ちょ、たんま。今かんだ」

焦ってそう言う太朗を他所《よそ》に、タレットベイから頭を覗《のぞ》かせた巨大な弾頭がふたつ、第

1噴射と共に勢い良く吐き出された。

21世紀を生きる人間から見れば誰《だれ》もがミサイル、もしくはロケットだと答えるだろう形状。もし軍事に少し詳しい人間であれば、弾道ミサイルだと答えるだろう長細いカプセル状の弾頭。レールガンやビームとは比べようもなく遅い動きだったそれは、力強いロケット噴射によってぐんぐんと加速し始めた。

「……色々突っ込みたいけど、あんたの事だからなんかあるんでしょうね。期待してるわよ」

なんだか納得のいかない様子のマールが、じと目でそう発する。太朗はこの見た目と遅さじゃあマールの疑念も仕方がないかと、苦笑いを返した。いくら加速しているとはいえ、敵は遠く、その巨体はレールガン弾頭のように素早い動きが出来るようにも見えない。

「まあ、多分うまくいくさ。それよりあの2発が到着するまでの間、必死に生き残らなきゃならんやね」

太朗は意識のほんの一部だけを放たれた魚雷の制御へと割り当てると、残りはロックオンと射撃管制へと集中した。

「なんか……えらいトコに来ちまったなぁ……」

太朗はぼそりと呟くと、マールの「何が？」という言葉は聞こえないふりをした。

〈9〉


戦闘による興奮は、あらゆる感情を押《お》し潰《つぶ》す。

太朗は沈んでいく船の乗組員達を想《おも》うと強い喪失感に襲われたが、意識がそちらへ大きく向く事は無かった。今はそれどころでは無い。

「小梅、シールド残量！」

「残り60%です、ミスター・テイロー」

「テイロー、次の砲撃が来るわ！」

「んぬちくしょうっ！」

マールの声に、船をすぐさま旋回させる太朗。しかし船体へ大きな衝撃が走り、体がベルトに締め付けられる。

――**船体損傷率　15%　アラート**――

「第3隔壁が破損、2番タレットが沈黙です、ミスター・テイロー。タレットブロック周辺で火災が発生しています」

「くそっ、ダメコン急いで！　ブロックごと封鎖！」

敵の戦艦より定期的に放たれる砲撃。大容量のビームはジャミングの影響をさして受ける事なく、プラムⅡへ向かってほとんどが直進して来る。プラムのシールドはそれを拡散し続けているが、拡散されたビームの破壊力がゼロになるわけではなく、船はどんどんと傷付けられていく。太朗はスキャンスクランブラを用いて定期的にロックオンを解除する等《など》してかなり時間を稼いだが、恐らく何らかのスタビライザーを起動させたのだろう、それも今では通用しなくなっていた。

対してプラムⅡの砲塔《タレット》は元々が対ワインド用に造られた小型のものであり、敵の戦艦は射程の遥《はる》か遠方にいた。レールガンによる攻撃も狙う事自体は出来るのだが、弾頭のBISHOP通信の圏外となってしまう為に、それを行うのは非現実的だった。直進するだけならば、それはただのデブリと変わらない。焼却ビームに焼かれるのが運命だ。

「もうちょい！　もうちょいなんだ！」

太朗のBISHOPに映る、ふたつの座標関数。敵の戦艦へ向かって距離を詰めていくそれらは、もういくらもしない内に警戒距離へと到達するはずだった。

『テイロー、要塞《ようさい》砲が全滅した。最悪の場合、生き残り組だけでも撤退しなきゃならん。急いでこちらと合流してくれ』

通信機から聞こえるアランの声に、太朗は小さな悲鳴を上げた。アランが言っているのは『そこにいると置いていくぞ』という意味だ。

「全速前進！　タレットベイを閉じてジャミングとシールドに電力を集中！」

太朗はひとまず現状での攻撃は諦《あきら》めると、アラン達の待つ防衛線へ向けて急いだ。ビームをかいくぐり、フリゲートの接近を避け、アラン達が設置したのだろう爆雷の隙間《すきま》を縫うように進んでいく。

――報告　雷撃弾頭が所定の位置に到達――

太朗《たろう》のBISHOP上に現れた報告。太朗はごくりと息を呑《の》むと、「操艦は任せた」とマールに残し、ゆっくりと目を閉じた。

――No1　ビーム飛来　直撃ルート――

――姿勢制御　平行　No1――

――No1　ビーム飛来　直撃ルート3――

――シールド起動　出力オート　No1――

――No1　デブリ焼却レーザー感知――

――シールド起動　持続出力5％　No2――

――No1　2番エンジンスラスタ損傷――

――4番エンジンスラスタ出力オフ　No1――

ディンゴの大型戦艦へ向けて突き進む魚雷弾頭を、太朗はまるで船を操縦しているかのような感覚で動かした。そして実際にそれは、船とほとんど同様の機構によって成り立っていた。頭に流れ込んでくる膨大な量の情報を、溜《た》めこむのでは無く、片っ端から処理していく太朗。既にかなりの遠方に到達していたが、レールガン弾頭より遥かに巨大なそれには、強力なＢＩＳＨＯＰ通信機能を搭載していた。

魚雷に積まれた小型のスラスタ、シールド、特殊装甲、バッテリーが、ただ敵からのビームとレーザーを回避する為だけに使用されていく。既に役割を終えたメインスラスタが切り離され、その破片すらもがビームジャミング用の電子的な囮《チャフ》として利用される。

「くたばれデカブツ。お前の建造費に比べりゃあ、魚雷なんて安いもんだろうぜ」

魚雷の先端が敵船へと到達し、わずかに張られたフィジカルシールドによってその身と速度を削り取られながらも、戦艦の分厚い装甲表面へと軽く接触した。

レーザー信管へ流れる微弱な電流。

特殊な金属を透過し、ビームへと変換される全バッテリーの電圧。

ほんの小さなカプセルへと注がれる、直径１ミリにも満たない青い光。

船のエンジンと同じ原理の装置が、時間あたり何万倍もの燃料を瞬時に別の物質へと変換させた。

「………光？」

ディスプレイに映る外部モニタを眺めるアラン。そこには眩《まばゆ》いばかりの光が溢《あふ》れ、際限なく輝きを増していく。

『アラン――坊やが――かやらかし――ね。半端じゃな――の放射線量が検――れてる』

通信機から聞こえる雑音混じりのベラの声。アランはそちらへは顔を向けず、光を見据えたまま答える。

「あぁ、わかってる。恐らく熱核弾頭だろうな。反応兵器って言った方がいいのか？　くそっ、こりゃもう一度歴史を勉強しなおさなきゃならんかもしれんぞ」

電磁波障害で一時的にブラックアウトしたモニタを見ながら、呆《あき》れたように呟《つぶや》くアラン。

それから数秒もするとモニタは復旧し、元の明るさを取り戻した。

『誰もやらなかったから規定も無かったけど、今後はステーション内には入れさせてもらえなそうだね』

「外ならともかく、中で爆発でもされたら全滅だからな。内部ドックへの立ち入りは難しいだろう」

『でも、これでいくらかマシな状況になって来たね。ちょいと希望が見えて来たかい？』

ディンゴの艦隊がアラン達を圧倒しているのは、何も戦艦の力に頼ったものでは無い。要塞砲は既に破壊されており、言ってしまえば既に必要がなくなっているとも言える。状況は、依然として厳しい。

「テイローが置いて来た艦隊が到着すれば話は別だが……いや、そうでも無いか」

モニタの表示を切り替え、こちらへ合流しようと懸命に動き続けるプラムⅡの姿を映し出す。

「これは俺のわがままかもしれんが……」

通信機の発進先を変更し、送信コマンドを実行するアラン。本来であればその権限を彼は持っていなかったが、状況が彼をそうさせた。

「このまま最後までアルファを守り抜いたとしても、テイローが死ねば俺達の負けだ。それだけは避けなきゃならん」

第4章　ネゴシエーション　〈1〉

宇宙空間には空気が存在しない。ゆえにいくら核爆発といえども、地上におけるそれのような広い範囲への影響を及ぼす事は無い。しかし放射される中性子は熱を運び、溶かした船体を蒸発させ、蒸気と化した金属による爆発を起こす。

わき腹を抉《えぐ》り取られたように崩壊させた、ダヴ級戦艦。太朗はその痛ましい姿に罪悪感を感じながらも、それを上回る「ざまぁみやがれ」という気持ちが心を占めていた。

「いい気味だ！　おめぇらのせいで、うちの社員が何人も死んだんだからな！」

モニタへ向かって叫ぶ太朗。その声が届く事は無いとわかりきってはいたが、こみ上げる想いが彼にそうさせた。

「テイロー！　気持ちはわかるけど、戦いはまだ終わってないわ！」

マールの声に「わかってる！」と返し、ディスプレイの表示をレーダースクリーンへと変える太朗。

「あれで戦艦はもう戦えねぇだろ。次はどいつを……って、なんだ？」

新しい標的を見つけようと、タレットの制御を開始しようとした太朗。しかしふいに訪れた妙な沈黙に戸惑いの声を上げた。

「攻撃が……止《や》んだ？」

何が起こったのかと、太朗は通信機を作動させた。するとすぐにアランの姿が映し出され、太朗は戸惑いがちに「な、なんか変だぞアラン」と疑問を飛ばした。

『あぁ、わかってる。テイロー、今すぐそこで船を停止させるんだ。緊急停戦が合意に至った』

「緊急停戦？って、あれか。戦闘中に交渉をしたりする時の？」

『あぁ、そうだ。すまないが、向こうと勝手に連絡をさせてもらった。緊急事態だからな。許してくれ』

太朗は「許すもなにも」とかぶりを振ると、言われた通り船の機関を停止させた。そして可能な限り敵味方との相対位置がずれないよう、軽く逆噴射を行う。交渉中に有利な位置へと移動しようとする動きは、偶然であれ故意であれ、交渉の即時中止を意味するからだ。それは卑怯《ひきょう》な行為であり、帝国の定めた民間軍事法の違反でもある。太朗はオーバーライドされた民間軍事の知識により、その重要性を良く知っていた。

「こっちとしては死にかけてたからね。ひと息つけるだけでもありがたいよ……つーか、あんにゃろが良く合意したね」

太朗は自軍の勝利をとことんまで信じてはいたが、現状が明らかにディンゴ側へ有利な事くらいは理解していた。戦艦という大物に深手は与えたが、それは戦況に対する決定打にはなり得ていない。

「向こうも、何か思う所があるんだろう。これは予想だが、恐らくあの戦艦にまだ息があるんじゃないか？　修理費だけでも大変な額にはなるだろうが、一から作り直すよりはずっとマシだからな。しかしお前、本当に良くやってくれたな」

にやりとした笑顔のアラン。太朗はそれに「へへん」と鼻をこすると、アランに人差し指を向けた。

「プラムⅡを披露した時は散々な言われ方をしたけど、どうだ。すげぇだろ」

『あぁ、まいったよ。降参だ。正直言って、度肝を抜かれたぜ。弾頭に船舶装備品を一式詰め込んだんだな？』

「おうさ。つっても、足りない分はプラム側で補わなきゃいけないけど」

『そして全《すべ》てを手動で操作したってわけか……お前にしか出来ない芸当だな。呆れた野郎だ』

アランはそう言うと、苦笑いにも似た笑みを浮かべた。彼は何かに気付いたように視線を落とすと、『向こうの用意は出来たらしい』と続ける。

『こちらの手札は決して多くは無いが、それが逆に強みでもある。材料になりそうなデータを送るから、目を通しておいてくれ。きっと役に立つはずだ』

そう発すると、手元の端末を操作するアラン。太朗はアランからデータを受け取ると、それをじっくりと一通り眺めた。そして「なるほどな」と呟くと、アランに混じり気の無い尊敬の眼差《まなざ》しを向けた。そこには、決定打となるべき重要な情報が記入されていた。

〈2〉


「よう、また会ったなクソガキ。命乞《いのちご》いの文句は考えてきたか？」

大型モニタへ映し出される、宇宙服姿のディンゴ。初めて見るその姿に、太朗は驚きの声を上げた。

「背中……お前、ウィングってやつなのか？」

スーツに存在する、肩甲骨が肥大化したかのような膨らみ。ディンゴは太朗の視線を気にする風でもなく受け止めると、『だからどうした』と続けた。

『お前には関係のねぇ話だろう。それよりこの落とし前をどうつけてくれるってんだ。聞かせてもらおうじゃねぇか、社長さんよ』

凄《すご》みの利いたディンゴの声。腹に響くようなその低い声に気圧《けお》されそうになる太朗だったが、小梅《こうめ》やマール、そしてアランやベラの事を考えると、自然と力が湧いてきた。

「ふん、落とし前をつけるのはどっちだってんだ。戦争吹っかけてきたのはそっちじゃねぇかよ」

太朗の声に、小さく笑い声を上げるディンゴ。

『帝国法に乗っ取った、正式な宣戦布告だぜ。文句を言われる筋合いはねぇな。なんなら皇帝陛下に直接意見でもしてきたらどうだ。おめぇにならそれが出来るだろう?』

「はぁ……予想通りだな。それについては後で詳しく説明してやるよ。それよりそっちの条件は何だよ。別に俺達を皆殺しにしたいわけじゃねぇんだろ?」

『皆殺しか。それも悪くはねぇな。だが、必要以上に帝国を刺激したくはねぇ。条件はアルファ星系の明け渡しだ。おめぇらは見逃してやる』

不機嫌そうなディンゴの声。太朗《たろう》がそれへ言い返そうとした時、『冗談じゃないね』とベラの声が入る。

『誰《だれ》もあんたの統治なんて望んじゃいないし、あんたもそのつもりは無いだろう。スターゲイトを破壊した後にどうなるかが、想像して楽しいもんじゃないだろうって事くらいはわかるさね』

視線を横に向けるディンゴ。

『ガンズのベラか……なぁおめぇ、こっちに来る気はねぇか。アルファの統治は引き続きお前さんに任せるし、ホワイトディンゴでの地位も約束してやる。というより、お前さん相手にデカい顔する馬鹿《ばか》もいねぇだろうけどな……どうだ、悪くねぇ話のはずだぞ』

ディンゴの提案に『はっ』と吐き捨てるように続けるベラ。

『確かに悪くない話だね。だけど、お断りさ。あんたはつまらないからね』

『つまらない？　わからねぇな。そっちのガキはそうじゃないってか？』

不快そうな顔のディンゴに、にやりと笑うベラ。

『あぁ、そうさ。坊やといると飽きないからね。ナンパなら他《ほか》をあたっておくれ。答えはノーだ』

びしりと言い放つベラ。太朗は少し照れくささに顔を背けると、小さく「ありがと」と呟いた。

「まぁ、聞いての通りそれは呑《の》めない。こっちの条件は無期停戦と、軍の撤退。それだけだ」

『おいおい、状況がわかってねぇのかてめぇ。主導権を握ってるのはこっちだ。おめぇらじゃねぇ！』

机と思われる何かを殴り、声を張り上げるディンゴ。思わずしどろもどろになりそうな太朗だったが、アランの『まぁ待て』という言葉に救われる。大型ディスプレイの映像は非常にリアルで迫力のあるものだが、それも考え物だなと太朗は思った。生々しすぎる。

『俺達が追い詰められているのは、確かな事実だ。認めよう。だが抵抗を続けられない程じゃあないぞ』

『強がりはよせよカウボーイ……確か、アランだったたか？　今時珍しい名前だな。本名じゃねぇだろ』

『俺の名前についてはどうでもいい。そして強がりでは無いぞ、ディンゴ。今こうしてる間にも援軍が向かってきてるし、俺達にはあいつがいる』

ディスプレイ上の視線が動き、アランの瞳《ひとみ》が太朗を捉える。太朗は「おうよ」と胸を張ると、にかっと笑って見せた。

「魚雷……つってもわかんねぇか。さっきの大型弾頭兵器もレールガンも、まだまだ腐る程あるぞ。そんでもってディンゴ。俺は死ぬ前に必ずお前を道連れにしてやるからな」

太朗の声に、笑い声を上げるディンゴ。

『お前、俺を舐《な》めてんじゃねぇだろうな。通信は別の船舶を経由してるから、お前が俺の乗る船を特定するのは無理だ。それにあんなでけぇ弾頭をそういくつも積めるわけがねぇ。せいぜいあと2発かそこらがいい所だ。違うか？』

ディンゴの指摘に「うっ」と言葉に詰まる太朗。弾頭に関しては、まさにその通りだった。

「あんな状況で良く見てやがるな……あぁ、そうさ。大型弾頭については確かに後ふたつだ。だけど……アラン、どう？」

太朗の質問に、親指を上げて笑顔を見せるアラン。

『特定したぞ。Ｅ00として登録しておいた……ディンゴ、識別信号《コールサイン》を直接送るぞ。受け取れ』

そう言って手元の装置を操作すると、ディンゴの方へと向くアラン。ディンゴは不可解そうな表情でそれを見ていたが、部下から何か報告を受けたのだろう。ちらりと視線を動かし、顔色を変えた。

『てめぇ、ハッキングしやがったな！　おい、こいつは明らかな帝国法違反だぞ！』

『痕跡《こんせき》を見つけられればお縄にでもなんでもついてやるよ。せいぜい努力するといいさ。それよりお前さん、テイローの弾頭兵器を回避する自信があるか？』

アランの指摘に、眉間《みけん》へシワを寄せるディンゴ。太朗がそこへ「ちなみに」と続ける。

「シールドが切れるまでぶっ放し続けたとして、約40発のレールガンとふたつの魚雷をお前の元に届けられるぜ。脱出機で逃げたって構わねぇよ。タレットを狙《ねら》い撃つのとそんなに変わんねぇし、核弾頭の熱線はちょっとやそっと離れてても関係ねぇしな」

にやりと、人の悪い笑みを浮かべる太朗。ディンゴは悔しそうに顔をゆがめると、ゆっくりと息を吐き出した。

『今度も、やっぱりおめぇだ。おめぇが全部を狂わせやがる……くそっ、いいだろう。譲歩案の交渉だ』

ディンゴはいくらか考え込む様子を見せると、『そうだな』と視線を寄越してきた。

『戦争終結までの、スターゲイトビーコンの凍結。その後は好きにするといい。こいつだけはゆずれねぇ』

「いやいや、無理に決まってるだろ。その間にお前がすき放題できんじゃん」

『坊主、交渉ってのはお互いを信用する所から始めるもんだぜ。いいか、お前は確かに俺を殺せるかもしれねぇ。だがこっちも組織だ。俺を殺しても誰かがお前を殺しに行くぞ。それだけは覚えとけ』

「堂々と脅してくるようなやつ相手じゃあ、信用もクソもねぇだろ。言ってる事が矛盾してんぞ」

『黙れクソガキ！　いいか、こっちはな――』

「あぁ？　しらねえよ！　ガキだからってなめんなよ！　俺はな――」

そこから続く、壮絶な言い争い。既に交渉も何も無く、ただお互いが無造作に威嚇をし合った。太朗はそれを意図的に始めたつもりだったが、言い合っている最中は本気になって罵声《ばせい》を浴びせた。

やがてヒートアップしたふたりが落ち着き始めた頃《ころ》、アランが冷静な声で『ちょっといいか』と手を挙げた。

『なあ、ディンゴ。このままじゃあ、お互い不幸になるのはわかりきってる。ご覧の通り、うちの社長はまだ子供でな。かんしゃくを起こされたら、正直俺も止める自信が無い』

片眉を上げてみせるアランに、無言で視線を送るディンゴ。太朗はアランの指摘にむっすりとした表情を作るが、心中は全く気にしていなかった。これは事前にアランと示し合わせていた流れであり、想定通りだったからだ。

『そしてディンゴ、お前さんはひとつだけ勘違いをしてる。帝国はお前をどうこうするつもりはないぞ。直接は、な。こいつを聞いてみろ』

『直接は』を強調するアラン。彼が何か手元を操作すると、やがてディスプレイにディーンの姿が映し出される。

――やあ、アラン。どうした。君からの連絡とは珍しいね――

――君らの戦いに関《かか》わる気は無いよ。君にも、ディンゴにも肩入れはしない――

レコーダーが再生する、ディーンとアランのやり取り。ディンゴはその様子を食らい付くように見つめると、その口元に笑みを作った。

『なるほど。予想通りおめぇらは帝国の関係者か……レコーダーは本物みてぇだな。こいつを聞かせたって事は、そういう事だな？　それを交渉のテーブルに乗せると？』

アランを窺《うかが》うように、ディンゴ。そんなディンゴに頷《うなず》くアラン。太朗はそれを見て、自分の番が回ってきたと判断した。

「俺達は兵器廠《へいきしょう》の実験部隊なんだよ。こっちはワインドが多いし、新兵器の運用実験に向かうトコだったんだ。一部を民間に配備して、実験データをもらおうと思っててよ」

太朗の声に、目を見開くディンゴ。

『民間に、だと？　おめぇ、そいつをＥＡＰに売りやがったのか!?』

ディンゴの見せた驚愕《きょうがく》の表情に、太朗は内心で「かかった！」と叫び声をあげた。

「いやいや、今回のはただの事前調査だったからさ。自前のしか用意してねぇんだよ。これから売りに行くかどうかは、いわゆる交渉次第って奴《やつ》じゃね？」

にやついた笑みで、首をかしげて見せる太朗。太朗はディンゴがてっきり怒り狂うものかと予想していたが、彼はそうしなかった。ディンゴは無表情のまま一点を見つめると、考え込むようにしてトントンと机を叩《たた》き出した。

『お前らの要求は、軍の撤退と無期停戦だったな……いいだろう。ただしこっちが出せるのは、アルファ星系への不可侵だけだ。監視の為《ため》の部隊は一部を駐留させてもらう。口約束だけじゃあなんとでもなるからな。これは絶対に、譲れない』

挑発するでも無く、何か覚悟を決めたように淡々と続けるディンゴ。太朗はそれを見て、これ以上の譲歩は難しそうだと判断する事にした。

『お前らに対する要求は、お前らと帝国軍によるホワイトディンゴに対する不可侵。それとＥＡＰに対する新兵器、及び直接戦力の提供禁止だ。駐留軍は交易ルート上でそいつを見張らせてもらう。もちろん、お前らが直接ＥＡＰと売買するのも制限させてもらう』

「いやいや、それだと交易ルートを守った意味がねぇじゃねぇかよ」

『禁止とは言ってねぇ、制限だ。むしろ、今以上に儲《かし》けさせてやろうじゃねぇか』

ディンゴの言葉に、意味がわからないと首を傾げる太朗。そんな太朗を見て、『くっくっ』と含み笑いのディンゴ。

『帝国標準単価での計算で、ＥＡＰとほぼ同額の取引をこっちともしてもらう。経済規模の差からこっちとの取引からの開始となるだろうが、それくらいは目をつぶれ。お前らは商売を続け、アルファを保持する。俺達はアルファを諦《あきら》める代わりに、帝国の影響から逃れる。俺に良し、お前に良しだ。そうだろう？』

〈３〉

「結局、どっちが勝ったんだろうな」

アルファステーションのオフィス近くにある、社員寮として使用している一室。そこでソファにひっくり返った太朗がぼそりと呟《つぶや》いた。

「何をもって勝ちとするか、によるんじゃないかしら」

太朗の隣で、同じように寛《くつろ》いだマールが天井を仰いで言った。そこへ向かいのアランが「そうだな」と続ける。

「こっちはアルファ星系を守りきったが、向こうは向こうで収穫があったはずだ。後方の安全と、経済の増大。まぁ、良くて引き分けって所だろうな」

「そっかぁ……後はＥＡＰに自力で頑張ってもらうしかねぇな。良い落としどころで終戦になるといいんだけど」

「そうね。でも、わからないわ。ディンゴは何を考えてるのかしら。このままだとEAPの勝ちが濃厚なのよね？」

マールの疑問に、確かにそうだと頷くふたり。

「そのはずなんだが……俺の読み違えという可能性もあるかもな」

アランはそう言うと、本当にわからないといった様子で肩を竦《すく》めた。太朗《たろう》はそんなアランに「そうかなぁ」と続ける。

「社員の大勢も同じような意見だったたし、何か別んとこに理由があるんじゃねぇかな。戦争ったって、これって要は富の奪い合いだろ？　もっと儲《もう》かる何かを見付けたとかはねぇのかな？」

太朗の声に、なるほどと頷くマール。

「有り得るわね……あのディンゴが黙って負けを認めるとも思えないし、もうひと波乱あっても良さそうだわ」

マールの言葉に頷くふたり。しばらく無言の時が流れた後、「それにしても」とマールが再び口を開いた。

「なんでも出来て失敗した事が無いのが売り、なんて大きな口叩いてたけど。本当になんでもやれるのね。正直、最悪の想定をしてたけど、良く停戦まで持ってけたわね。今回ばっかりは本気で見直したわ」

アランの方へ向けて、マール。アランは「そうかい？」と平静に答えた。

「その評価はありがたいが、残念ながらあれらの作戦立案者は俺じゃあない。ほとんどがテイローの発案だぞ」

アランの声に、驚きの表情を見せるマール。「冗談でしょ？」という彼女の台詞《せりふ》に、「そこまで驚きますかね」と口を尖《とが》らせる太朗。

「まぁ、確実な作戦だったかっつーと、微妙だけどな。いきあたりばったりで上手《うま》く行ったって部分も多いし。ディンゴは粗暴な奴だけど、損得勘定には敏感そうだったからさ」

太朗の説明に、それでも納得が行かない様子のマール。太朗はこりゃ駄目だとばかりに目を閉じて肩を竦めるが、そこへ突然訪れる、頬《ほお》への柔らかい感触。

「凄《すご》いじゃない。もう、アイスマンなんて馬鹿《ばか》には出来ないわね」

ぽかんとした表情の太朗に、嬉《うれ》しそうなマールの笑顔。やがて何をされたのかに気付くと、太朗は嬉しくも恥ずかしい気持ちに顔を赤らめた。

「黙ってれば俺がもらってるはずだったのか……くそっ」

明らかに冗談とはわかるが、悔しげな様子を見せるアラン。太朗は高揚した気分のままアランにからかいの言葉を発しようとするが、そこへ小梅《こうめ》からの外線呼び出しが入った。

「ミスター・テイロー、式の準備が整いました。4番ドックまでお越しください」

冷凍睡眠装置のカプセルにも似た、人ひとりがやっと入れる大きさの装置。それが、がらんとしたドックに27、一寸の狂いも無く整列して置かれていた。周囲には喪服を着た人々が立ち並び、思い思いに故人を偲《しの》んでいた。

「家族と、会社と、ステーションを守った英雄達に」

アランの低い声が拡声器によって流され、集まった人々がその場で敬礼をする。

「亡くなった社員の家族達よ。みんな無償で来てもらったわ」

太朗の横で、同じように人々を見守っているマールが言った。太朗はマールに「ありがとう」と返すと、その後は黙り込む事にした。ひと言でも発してしまえば、抑えきれない何かが溢《あふ》れ出してしまいそうだった。

「母なる恒星アルファへ向けて、射出」

カプセルが降下し、地面の下へと消えていく。やがて音も無く射出されたそれらは、光り輝く恒星アルファへ向けて宇宙空間をゆったりと進んで行った。

「地球人みたいにお墓は作らないけど、恒星は消える事なくそこに在り続けるわ」

じっと黙ったままの太朗へ、マールが優しく語りかけてきた。太朗はそれに無言で頷くと、手を合わせ、頭を下げ、英雄達にお礼と謝罪とを心の中で繰り返した。それを見た社員達が不思議そうな顔で太朗を見ていたが、太朗は気にしない事にした。仏教が銀河帝国に存在するとは思えないが、気持ちがあればどんな形でも構わないはずだと。

〈4〉


ホワイトディンゴとTRBユニオンにおける、たった数日間の戦争が終結してから10日後。人々がようやく未来へ向けて再び歩み始めた頃《ころ》、太朗の元へ喜ばしくも奇怪な通信が届けられた。

「嘘《うそ》だろ？　おいおい、どうなってんのこれ」

小梅から語られた通信内容に、開いた口の塞《ふさ》がらない太朗。彼が自室でそうしていると、マールとアランが彼の部屋へとなだれ込んで来た。

「テイロー、聞いた？　どういう事？」

かなりの距離を走ったのだろう、肩で息をするマール。

「どういう事も何も、俺にわかるわけがねぇよ。今知ったばっかだしな……なぁアラン、これ、どうなん？」

困ったとばかりに、アランの方へ顔を向ける太朗。それを受けたアランが首を振った。

「どう、と言われてもな。少なくともこちらへ矛先を集中させるという事は無いはずだ。そんな事をしたら冗談抜きで帝国軍がやってくるからな」

アランの言葉に、確かにその通りだと頷く太朗。

ディンゴとの間に結ばれた終戦条約には、半年の相互不可侵条約が『帝国承認の下』に行われている。決して少なくない額のクレジットを帝国に支払う事にはなったが、これ以上にない強固な条約となっていた。

帝国はこういった形での保障を有料で行っており、それは今までにほとんど破られた事が無かった。その為に、こういった契約保護は彼らの良い収入源となっていた。彼らがその利権を固持する為には、違反者に対するあらゆる手段の制裁を行う事だろう。

「EAPとホワイトディンゴが和平、か……くそっ、この戦争は一体なんだったんだ？何の為に――」

「彼らは死んだんだ？」と、続けようとした太朗。それをアランが「落ち着け」と太朗の肩を摑《つか》んで遮った。

「気持ちはわかるが、その考えはよせ。無駄な死など無いし、彼らは良くやってくれたはずだ。違うか？」

力強い視線を向けてくるアラン。太朗はそんな彼に、言葉も無く俯《うつむ》いた。

「ミスター・テイロー、来客です。取り次いでもよろしいでしょうか」

しんとした室内に響く小梅の声。太朗は「また今度にしてもらってくれ」と小梅に返すが、彼女は「いいえ」とそれを拒否した。珍しいきっぱりとした否定に、驚きの顔を見せる3人。

「小梅は絶対にお会いになるべきだと愚考します、ミスター・テイロー」

それとわかる強い口調。

「相手は、ミスター・ディンゴです」


アルファステーションの応接室にて、ディンゴと生で向かい合う太朗。その巨体から発せられる威圧感は恐ろしい程だったが、彼はひとりであり、まわりには太朗の仲間達がいた。

「どの面下げて来たんだよお前。ぶっちゃけ普通じゃねぇぞ。うちの社員が何人死んだと思ってんだ」

いくらか引きつった顔で、太朗。ディンゴはそれに「そうだな」と無表情に答えた。

「別に懺悔《ざんげ》に来たわけじゃあねぇ。うちのも相当数死んでんだ。おあいことこうじゃねぇか……そもそも悪い事をしたとも思ってねぇがな。だが、今後の成り行き次第じゃあ、死んだ人数以上を助ける事になるかもしれねえぞ」

どうという事もなく、あっさりとしたディンゴ。そんな様子につい激昂《げっこう》しそうになる太朗。それをアランが「気にするな」と宥《なだ》めてきた。

「はは、おめぇもガキの相手に苦労してそうだな。その甘っちょろい坊主は、政治や社会ってものをわかっちゃいねぇ。10を生かす為《ため》に9を殺す覚悟がおめぇにはあんのか？」

太朗を手で制するアランに、ディンゴが明らかに挑発とわかる態度で言った。太朗はその言葉に怒りを覚えたが、その内容が頭に入るにつれて怒りは鎮火していった。かつてアランに言われた言葉を思い出し、口をへの字にする。指導者は最大多数を助ける為に、少数を犠牲にしなければならない。

「わざわざ説教をしに来たってんなら、帰ってくれないかね。あんたはまだテイローには刺激が強いよ」

ソファでくつろいでいるベラが、ディンゴを見下したまま言った。ディンゴは視線をベラへ移すと、口を開いた。

「おめぇがガンズのベラだな。長いこと隣にはいるが、実際に会うのは初めてだな」

「そうだねぇ。出来れば今後もお互い無関係でいたい所だけど」

「はっはっはっ、ちげぇねぇ！」

ベラの悪態に笑い声を上げるディンゴ。大きな声が腹に響き、考えに集中していた太朗は思わずはっと目を向けた。

「だが、事と次第によっちゃあそうはいかねぇな。今日ここへ来た理由はそれだ」

コツコツとテーブルを叩《たた》き、注意を集めるディンゴ。彼は全員の視線を確認すると、ひと呼吸してから口を開いた。

「ＥＡＰの様子がおかしい。和平を持ち出したのも、俺達に有利な条件での和平案を作成したのも、向こうだ。こっちはそれを丸呑《まるの》みしただけだな……こういっちゃなんだが、不可解が過ぎる」

部屋に訪れる沈黙。いったいどういう事だと、顔を見合わせるＴＲＢユニオンの面々。そんな彼らの様子を見て「聞いてねえのか？」とディンゴ。

「えぇと、まぁ、そうだな。ぶっちゃけ今知ったよ……続きは教えてくれんのか？」

今ひとつ状況がつかめず、正直に話す太朗《たろう》。ディンゴは窺《うかが》うように太朗の目を見ると、ソファへゆったりともたれかかった。

「少しは隠す努力くらいしたらどうだ。正直なのは悪くねぇが、経営者としてはよろしくねぇぞ……まぁいい。そうだな、俺も知ってる事はそう多くねぇ。ほとんどが推測になっちまうだろうな。お前、この辺りの有力アライアンスについてどこまで知ってる」

まるで試しているかのようなディンゴの視線。太朗はそれを真《ま》っ直《す》ぐに受け止めると、質問に答えるべく記憶を探った。

「大体は、ってとこだな。でけぇところはＥＡＰとお前んとこと、後はふたつみっつあった気がするけど」

「えらい適当だなおい……お前、そんなんで良くやってこれたな」

「や、ぶっちゃけアウタースペースに長居する気はなかったからな。正直今でもさっさとおさらばしたいと思ってるよ」

「へっ、そうしてくれるんならこっちは大助かりなんだがな……EAPの奥に4つ、大きなアライアンスがある。長い事そいつら同士で戦争状態だったが、しばらく前に休戦をした。俺はその辺が絡んでるんじゃねぇかと思ってる」

ディンゴの言葉に、「なるほど」とアラン。

「そいつらが矛先をEAPに向けたんじゃないかって事か。可能性としては有り得るかもしれんが、実際問題としてどうなんだ。有り得るのか？」

ディンゴにでは無く、ベラへ向かってアラン。ベラは少し考えた様子を見せた後、「無理だね」と答えた。

「噂《うわさ》では休戦の話を聞いた事があるけど、随分と最近の話じゃあないか。疲弊した状態のままでまた戦争かい？　殉死した社員の家族になぶり殺しにされるのがオチじゃあないかね」

ベラの答えに「俺もそう思う」とアラン。太朗はその辺りの事情はわからなかったが、生粋《きっすい》のアウタースペーサーであるベラが言うのであればそうなのだろうと思った。

「まあ、普通に考えりゃあそうなる。だがよ、ここは普通じゃねぇような事ばかりが起こる場所だ。違うか？」

ディンゴの言葉に一理あると感じたのだろう、曖昧《あいまい》な頷きを見せる面々。そんな皆を見渡すと、ディンゴは再び机をコツコツと叩いた。彼は「最悪なのは」と低い声で続ける。

「ＥＡＰの向こうにあるその４つのアライアンスが、休戦どころじゃあなく手を結んだ場合だ。この辺りに一大勢力が出来る事になる。そうなった場合、どこが連中にとって最も大事な場所になるか。わかるな？」

静けさの中、息を呑《の》む一同。遅ればせながら太朗もディンゴの指し示す意味に気付き、「そんな」と眉《まゆ》を顰《ひそ》めた
「アルファ星系か？　帝国の介入を避ける為に？」

帝国は、アウタースペースに大きな勢力が出来る事を望まない。そうなると今回のディンゴによる攻撃と同様の理由で、アルファ星系が攻略の対象になるのは必然だった。

「そうだ。だが、それだけじゃねぇ。ＥＡＰの奥にあるザイードルートもそうだ。カリフォルニア星系からの航路だな。そこらを押さえちまえば、帝国の介入はありえねぇ。完全に遮断できるからな。俺がやろうとしてた事をもっとでかい規模でやるだろうって話だな」

ディンゴは話の内容が染み渡るのを待つかのように、そう言って間を空けた。そして全員の視線が集まったところで、彼は再び口を開いた。

「さっきも言ったが、こいつはただの想像にすぎねぇ。だが前もって手を打つ必要があるってのはわかるよな。全く予想がはずれたのなら、笑い話にでもすりゃいい。なぁ、Ｔ

ＲＢユニオンよ。俺達はそいつらに対抗する為に、ちょっとした準備が必要だとは思わねぇか？」

ディンゴの含みを持たせたひと言に、「おいおい」と苦笑いを浮かべる太朗。「冗談はやめてくれよ」とそれに続けるが、ディンゴは首を振って否定した。

「いざという時の為の、防衛協定。今日はそいつの提案に来た。なぁに、お互い馴《な》れ合おうって言ってるわけじゃねぇ。お前らにとっても、十分益のある話のはずだ」


巡洋艦プラムの談話室で、ソファへひっくり返った太朗が「もう、何がなんだか」と頭を掻《か》きむしりながら発した。それを横で見ていたマールが「まったくだわ」と呟《つぶや》き、はぁと溜息《ためいき》を付く。

「企業間の戦争は結局の所、話し合いの延長線上にある物でしかありませんからね、ミスター・テイローー。相手が憎いわけでも無ければ、文化の違いによる摩擦でもありません。それらはきっかけにはなりますが、原因とはならないでしょう」

太朗の横に直立したままの小梅《こうめ》が、太朗へ向けてそうまとめた。太朗はそれに曖昧に頷《うなず》くと、「わかっちゃいるんだけどな」と返した。

帝国が認めた範囲を超えない戦争であれば、それは企業と関係の無い人間にとってはどうでも良いイベントでしかない。文化の差異による摩擦は人類かそれ以外かといったものはあるが、今回の戦争については全く関係が無かった。ディンゴは確かにウィングだったが、彼らの文化や生活が人類と異なるという話は聞いた事が無かった。少なくともアルジモフ博士によれば、彼らは同じ人類から派生したミュータントが固定化されただけという事らしい。

「でもよぉ……つい先日まで殺しあってた相手と手を組むってのは、なんつーか、こう、心情的に割り切れねぇものがあるぜ？」

「私もさっと切り替えるのは難しいわ。きっとまだ子供だって事なんでしょうけど、なんだかね……アラン達は何て言ってたの？」

「ＥＡＰの出方次第だって言ってたな。ディンゴが言ってた通り、馴れ合う必要は無いし悪い話じゃねぇってさ」

「そう……でもまあ、きっと正論なのよね」

恐らく予想通りの答えだったのだろう、マールは特に感慨も無い様子でそう呟いた。彼女は手にしていた鶏肉《とりにく》――実際は鳥では無いらしいが――をトレーに置くと、お腹一杯だとばかりにソファへと倒れかかった。

「食ってすぐに横になると牛になるって言うぜ」

ディンゴについてはもう考えたくないと、どうでも良い話題へ変える太朗。しかしマールから返って来たのは、「ウシってなに？」という身も蓋《ふた》も無い答えだった。

〈5〉

アルファステーションを発《た》った太朗達は、自らが開拓した航路をひた走った。EAPの定期交易船がアルファ星系周辺の通信網に入るのはしばらく先の事であり、それまではリンとの連絡をつける事が難しかった。ニューラルネットの崩壊は、光年単位で離れた場所との通信に致命的な傷痕《きずあと》を残していた。それは、ここアウタースペースにおいても変わらない。

「さっそく指向性ビーコンが設置されてるのね。随分楽になるわ」

航路に設置されたビーコンからは定期的に粒子の放射が行われており、プラムはそれをしっかりと受け取っていた。それを解析すれば簡単にビーコンの座標を導き出す事が可能で、面倒な座標計算を行う必要が無かった。

「えぇ、ミス・マール。ジャンプの計算精度が以前より122％程安定しています。EAPからの情報によると、近いうちにドライブ粒子の定期散布も計画されているようです」

「うへぇ、スケールのでけぇ話だな。いくらかかるんだ？」

「まだ試算段階ですが、数十億から数百億クレジットはかかるでしょうね、ミスター・テイロー。恐らくＥＡＰ主催による、地域単位での共同出資という形になるのでは無いでしょうか」

「将来的にはスターゲイトの建設も行われるかもしれないわね。そうなったら今の数十分の一の時間で行き来できるようになるわ」

太朗達の開拓したルートは、既にＥＡＰを中心とした各企業達による積極的な開発が行われていた。かつて太朗達が通過した際は生物はおろか人工物のかけらも存在しない空間だったが、今では時折作業船や輸送船とすれ違う事さえあった。治安の悪いアウタースペースであり、なおかつ安定していない航路。そういった条件から参入してくる企業はどこもひと癖ありそうな会社や小さな企業ばかりだったが、彼らは積極的で、活気に溢《あふ》れていた。

「さぁ、最後のジャンプに入りますよ、ミスター・テイロー。船がカツシカ星系第４スターゲイトのビーコンを捉えました」

太朗は小梅の言葉に頷くと、のんびりとドライブ酔いに対して構えた。やがて訪れた浮遊感に目をつぶって耐えると、船はいくらもしないうちにカツシカ星系へと到着した。

「テイローさん、お久しぶりです。お元気そうで！」

いつかと同じ応接室で待ち構えていたリンが、太朗の姿を見つけて笑顔を見せた。太朗は「おう」と短く返すと、同じようににかっと笑顔を返す。マールと小梅も太朗の後ろで手を振っており、久々の再会を笑顔で迎える事となった。

「積もる話があるほど時間は経っちゃいねぇけど、そっちの様子はどうなん。ディンゴから色々話を聞いたぜ？」

太朗はリンの部下と思われる人物に促されるようにソファへ座ると、テーブルへ置かれていたミネラルウォーターへと手を付けた。香り付けされたそれから、ほのかな柑橘《かんきつ》系の香りが漂う。

「えぇ。その、はっきりとした事はまだ確定していないんですが、あまり芳しくない状況です」

リンはそう言うと、部下のひとりへ頷いて見せた。部下は「失礼」と断りを入れると、壁に備え付けられた大型スクリーンへと手をかざす。するとすぐに赤や青で色分けされた星系マップが映し出され、それぞれのエリアに様々な説明書きが添付されていた。

「この赤い表示のエリアが、エンツィオ同盟《アライアンス》と接しているエリアです。ご覧の通り、かなりの広い範囲がそれにあたります」

リンの指し示す地図には、ＥＡＰ全体の４分の１程のエリアが赤く塗られていた。太朗はそれを眺めると、確かに良くない状況のようだと読み取った。これでは守る範囲があまりに広い。

「そのエンツィオ同盟ってのは、例の４つのアライアンスの事だよな。やっぱくっついたのか……つーか、もう宣戦があったん？」

「いいえ、まだです。ですが、向こうはアライアンス境界線付近に艦隊を集結しつつあります。あれだけ規模が大きいと軍事行動を隠すのは不可能ですからね。まだ、というだけで、いずれ来るのは間違い無さそうです」

「そう……でも、なんの為《ため》に？　ベラはこれ以上の継戦は難しいんじゃないかって言ってたけど」

マールの問いに「うーん、それなんですが」と首を傾《かし》げるリン。彼は手元の端末を操作すると、大型スクリーンに何かのリストを表示させた。

「ＥＡＰの諜報部《ちょうほう》が集めた……というより、ほとんど公表されているデータではありますが、エンツィオ同盟に参加する４つのアライアンスの経済バランスです」

ずらりと並んだリストには、経済全体に対する各業種の割合が示されていた。太朗《たろう》はそれをぼんやりと眺めたが、考えるまでもなく問題点が発見出来た。

「異常だろこれ。ほとんどが軍需関連産業か？」

「えぇ、そうです。４つのアライアンスが戦争状態になってから、既に12年が経過しています。小康状態もありましたが、長い戦いの中で自然とそうなっていったのでしょう」

「なるほどね……簡単に言うと、戦争してないと経済が潰《つぶ》れちゃうって事？」

マールの簡潔な言葉に、苦笑いを浮かべる太朗。

「まわりからすりゃあ、いい迷惑すぎるだろそれ。決着がつかなそうなんで、他《ほか》を巻き込もうって腹だろ？」

「そうなりますね……それと問題はそれだけじゃありません。ハルトマン、例の資料を」

リンの声にハルトマンが頷き、端末を操作した。スクリーンの表示が切り替えられ、太朗達にも良く見慣れた戦術レーダースクリーンが表示される。やがてレーダースクリーン上の光点が複雑な動きを開始し、それが何を意味するかは太朗にも理解出来た。戦闘だ。

「この青いのはＥＡＰだよな。赤はディンゴ…………にしちゃあ、単純な動きだな」

太朗の声に、難しい顔で頷くリン。するとそこへ、今まで太朗の傍《そば》へ控えていた小梅が口を挟んできた。

「小梅が当ててみましょう、ミスター・テイロー。相手は恐らく、ワインドです」

小梅の言葉に、彼女の方へ驚きの顔を向ける一同。太朗はリンまでもが驚いている事から、小梅の指摘が当たりなのだろうと推測した。

「ちょっと待って小梅。私には信じられないわ。だってこれ……」

不安そうな顔で、レーダースクリーンを見やるマール。太朗はマールと同様にスクリーンへ目を戻すと、確かに信じ難い事だと眉間《みけん》にしわを寄せた。

「小集団毎《ごと》にまとまって戦ってやがるな……まじでワインドなん？」

太朗の知るワインドの戦い方と言えば、決まって単純なものだった。敵に接近し、砲撃する。ただそれだけ。しかし目の前のスクリーンで繰り広げられている戦いは、明らかにそれとは違っていた。

「えぇ、そうです。信じられないでしょう？　僕も報告を受けた時は嘘《うそ》だと思いましたよ……それにしても、良くわかりましたね小梅さん。どうしてですか？」

リンの声に、どことなく誇らしげな顔の小梅が口を開いた。

「動きですよ、ミスター・リン。彼らの動きには、恐れや迷いというものがありません。それらは、人間特有のものです」

小梅はスクリーンを指差すと、続ける。

「動きはどれも非常に単調ですが、明らかに統一された意図をもって行動しています。この場合は、左翼に対する攻撃の集中でしょうか。一気に相手を押し込む必要がある局面ですね。彼らに損害を顧みる様子は無く、非常に効率的です」

太朗は小梅の言葉を聞きながらスクリーンを眺め、ごくりと喉《のど》を鳴らした。小梅の言う『非常に効率的』という言葉が、何か非常に恐ろしい事のように聞こえた。

「まじいな……あんにゃろうども、戦術って奴《やつ》を覚えたのか？」

ぼそりと呟く太朗に、場へ沈黙が降りた。やがて勝負はＥＡＰの勝利に終わったが、損害は決して小さいものでは無さそうだった。

「ねぇ、テイロー。私、怖いわ」

マールの声に、無言で頷く太朗。彼はマールの気持ちが痛いほど理解出来た。彼も彼女と同じ様に、恐ろしかった。

エピローグ

その後も続いたリンとの会談で、太朗は正式にＥＡＰとの軍事同盟を結ぶ約束をした。正式なサインはまだだったが、それはベラとライザの承認の下に行われるべき事だった。ただしアルファ星系がこのあたり一帯におけるクリティカルな要所である限り、比較的平和路線を採るＥＡＰと手を結ぶ以外の可能性は考え難かった。

また、いくら代表のリンと友人関係にあるとは言っても、リンは大人数の責任を抱える身でもある。彼はＴＲＢユニオンがＥＡＰに敵対するか、もしくは利敵行動をとった場合、間違いなくアルファに対するあらゆる形での圧力をかけてくるだろうと思われた。

太朗は私的な感情を除けばそれが正しい行動だろうと思っていたし、仕方がないとも思っていた。太朗が同じ立場でも、そうしただろうからだ。

「偉くなるってのも大変だな……」

ぼそりと呟《つぶや》く太朗。決して広くはない自室で、球体のままの小梅《こうめ》がそれに「何か？」とランプを明滅させる。

「いや、色々とままならねぇもんだなと思ってさ。偉くなれば好き放題できるかと思ってたけど、実際にはそうでもねぇなって」

「おやおや、まるで世の中を悟ったかのような顔ですね、ミスター・テイロー。似合いませんよ」

「うるせぇ、放っといてくれ。あぁ、そういや博士の観測データ。ふたつ目がＥＡＰから届いたらしいな」

「へぇ、そうなの。じゃぁまた一歩地球へ近づいたのね」

　太朗の後ろから、マールの声。マールは手にしていた端末を床に置くと、寝かされた小梅の体をいじり始めた。近頃《ちかごろ》体の動きに違和感を覚える事があると訴える小梅に、マールが様子を見ているのだ。

「だといいんだけどな……博士はなんか言ってた？」

「えぇ、ミスター・テイロー。しばらく観測データの解析に集中するとの事ですよ。解析用の高性能コンピュータが欲しいと、追加の予算要求が来ています」

「また？　この前も大型スキャナを増設したいって、追加予算を出したばかりよね？」

「肯定です、ミス・マール。しかしニューラルネットによる分散処理が出来なくなった以上、仕方の無い事でもありますね」

「うぇ、こんな所にも影響出てんのか。でもまぁ、金で解決できるんならそれで良しとしとくべきなんかね。そうじゃない事が最近多すぎるし」

「あら、随分剛毅《ごうき》な発言ね。言っとくけど、今うちに財政的な余裕は無いわよ。遺族への見舞金と船の修理費だけで一杯一杯だわ」

マールの指摘に、うっと声を詰まらせる太朗。実際の所、太朗に遺族に対する見舞金を支払う義務など無かったが——それも給料の内だというのが銀河帝国の一般認識だ——彼は十分過ぎる額の支払いを決定していた。それは太朗にとって罪滅ぼしの気持ちからであり、今後も続けるつもりだった。そもそも誰《だれ》も太朗を責める気など無いようだったが、自分がそれをどう思うかは別だった。

「そこはまぁ、ぐっと我慢してちょ。悪い事ばっかでもないじゃん？」

「まあ、ね。おかげで人材に困る事は無さそうよ。人事部が悲鳴を上げてたけど」

「帝国保険組合からも文句が来ていましたね。我々の仕事を奪うつもりかと」

「あぁ～、あれな。ふざけんなって返しといてくれよ。あいつら戦争状態のコープには、ありえねえ額の請求してくんじゃん」

「事前に加入しろって事でしょ。うちも希望者だけじゃなくて強制加入にする？」

「うーん……いや、今のままでいこう。確かに保険使った方が結局は得だろうけど、それだと俺達が社員に支払ったって気がしねぇじゃん？」

「そうね……って、本格的に警備会社じみてきたわね。生命保険の話題なんて、普通の会社じゃしないわよ」

マールの呆《あき》れたような声に、「たはは」と苦笑いを返す太朗。確かにマールの言う通り、会社の構成もやっている事も、今では警備関連会社としての仕事が大半を占めるようになっていた。しかし太朗としてはまだ輸送会社のつもりでいたし、これはむしろ輸送会社としての新しい形態のはずだと思っていた。それにこういった傾向を示すのは、決して太朗の会社だけというわけでは無かった。

「まあ、輸送に関してはスピードキャリアーが頑張ってくれてるしな。今の所、ライザ自身が武装艦を揃《そろ》えるつもりは無いみたいだし」

「そりゃそうよ。戦闘艦の運用なんて一朝一夕に出来るような事じゃないし、何よりこっちとの軋轢《あつれき》が生まれるわ。その辺、ライザは良くわかってるんでしょうけど」

「ライジングサンへの信頼と、これからも良くやって行こうというメッセージでしょうね、ミス・ライザからの。スピードキャリアーの規模からすれば、もっと大規模な艦隊を持っていてもおかしくはありません」

「なるほどなぁ。あんま気にしてなかったけど、そういう事なんか……お？　噂《うわさ》をすればって奴だぜ。ライザから外線だ」

太朗はＢＩＳＨＯＰ上に表示された外線受付の文字を確認すると、ポケットから端末を取り出した。太朗はひと昔前の自分であれば相当に驚いただろう脳波による端末の直接操作をなんなくやってのけると、壁に備え付けられたスクリーンに出力を設定した。

『ご機嫌よう、テイローさん。マール。小梅さん。ステーションの中かと思ったら、船の方にいたのね。出立の連絡は来てませんけれど？』

スクリーンに映し出される、笑顔のライザ。何かご機嫌なようだと思いながら、太朗はそれに手を振り返した。

「やあライザ。まだしばらくはこっちにいるつもりだよ。ちょいと小梅の整備をね……それよりどしたん？　なんか厄介事？」

太朗の声に、ライザはとんでもないといった様子で首を振った。彼女は先程以上の笑みを浮かべると、感激した様子で自分の胸を押さえた。

『やっぱり貴方《あなた》と組んで正解でしたわ、テイローさん。最初の出会いこそあれでしたけれど、きっとそれも運命だったのかもしれないですわね』

潤んだ瞳《ひとみ》でそう言うライザに、何が何だかと若干引き気味になる太朗。マールもただならぬ様子を感じ取ったのだろう、太朗に「気をつけなさいよ」と耳打ちをしてくる。

「そいつはまた、光栄というか何と言うか。偉いご機嫌なようだけど」

マールの言う通り、警戒しながら返す太朗。そんな太朗の声に、驚いた様子を見せるライザ。彼女は何か思い立ったように端末をいじり始めると、やがてスクリーン上に数字の羅列が現れた。

「なにこれ。いち、じゅう……34億？　スピードキャリアーの予算か何か？」

太朗の声に、首を振るライザ。

『ＴＲＢユニオンにプールされてる余剰資金ですわ。貴方、確認してなかったのね。契約通り、41％はそちらの取り分よ』

ライザの指摘に、目を点にさせる太朗《たろう》とマール。やがてマールがその資金の出所に思い当たったのだろう。「あ！」と大声を上げた。

「関税収入！　新航路の！」

「関税……あー、そういやそうだな。1割もらうって話だったっけか……って、ちょっと待て！　こんな額になるんかい！」

「それはそうでしょう、ミスター・テイロー。EAP自身による交易でも、こちらに対する関税割合分は支払い義務が生じます。戦争準備に使用した資金を考えれば当然の額ではないでしょうか？」

『えぇ、それにそれだけじゃないですわよ。交易は継続して行われるわけですから、他《ほか》の有益な航路が見つからない限り、これからも収益が入り続けますわ』

太朗はそれに「ほえぇ」と間の抜けた返答をすると、どうやら予算については悩まなくて済みそうだと胸を撫《な》で下ろした。

『この額は戦争初期の爆発的な消費によるものでしょうから、今後はもう少し落ち着くでしょうけれど。それでも継続した収入を得られるのは大きいですわ』

幸せそうに、うっとりとした表情のライザ。太朗はいくらか他人事のように「そいつはよござんしたね」と呟くが、すぐ隣に似たような表情の人物がひとり居る事に気付いた。

「約14億……どうしようかしら……各部署の予算要求を全部通してもなお余るわ。私たち個人の取り分だけでも1億は行くわね……どうしようかしら」

幸せそうな表情のマールが、誰へともなく呟く。太朗は「そんなにお金が好きかね」といくらか呆れ気味に呟いたが、自らもその使い道について考え始めた。

「博士の調査も進んで、会社もでかくなって、地球があるはずのアウタースペースに足がかりも作った……ん、前途は多難だけど、確かに間違いなく地球には近付いてんな」

誰へともなく呟き、モニタごしに銀河の星々を眺める太朗。

その隣では、マールや小梅も同じように宇宙《そら》を眺めていた。

「ふむ。なかなかおもしろそうな人物のようだ」

暗がりの部屋に男がひとり。彼は昔ながらの紙で出来たファイルを見てそう呟くと、机の上にそっとそれを置いた。

「…………」

男はしばらく無言でファイルを眺めていたが、やがて懐からナイフを取り出すと、それをファイルに貼《は》られていた写真へと突き刺した。

「ここはひとつ、仕掛けてみるか」

男はそう言ってナイフを引き抜くと、ファイルの片隅を指でなぞった。すると触れた部分から炎が上がり、ファイルはわずか数秒もしない内に灰となって消えた。

「良い人物である事を期待したいね」

男はそう呟いて灰を手で掃《はら》うと、音も無く立ち上がり、闇《やみ》の中へと消えて行った。

炎と共にこの世から存在を消したその写真には、ライジングサン・テイロー・イチジョウという注釈が書かれていた。

あとがき

とうとう第2巻の発売となり、引き続きこの本を手にとって頂いた方々、及び関係者の皆様に感謝しきりの作者ことＧｉｂｓｏｎです。皆様いかがお過ごしでしょうか。

右も左もわからずに「銀河戦記の実弾兵器《アンティーク》」第1巻を発売し、そして3ヶ月。作者としては、いくらか執筆にも慣れただろうかと少しでも考えたちょっと前の自分を叱咤《しった》したい気持ちで一杯の今日この頃《ごろ》です。

恐らくこの第2巻を手に取って頂いた方は既に第1巻を所持しているとは思いますが、たまたま店頭で見かけた方等を考えて説明させて頂きますと、こちらＷＥＢで連載している「僕と彼女と実弾兵器《アンティーク》」という作品の書籍版第2巻となります。

第1巻が主人公こと太朗《たろう》が未知の銀河帝国における生活基盤を作る話だったのに対し、第2巻はその基盤を元に行動範囲を広げていく話となっています。太朗は様々な経験と共に交友関係や会社の規模を広げ、何より自分自身を成長させていきます。平和な平成日本というぬるま湯出身の彼が、生きるか死ぬかという世界で自らを改変していくわけですね。このお話は御多分に洩《も》れず、主人公の成長物語だったりします。

なお、第1巻がＷＥＢ版を相当圧縮した形だったのに対し、こちらでは加筆を行っています。いくつかＷＥＢ版には無い新しいエピソードが追加されていますが、皆様楽しんで頂けましたでしょうか。時間的な問題もあって想定していた程には書き足す事が出来ませんでしたが、前々より必要だと思っていた部分を追加する事が出来たのは作者的にとても喜ばしい事でした。ＥＡＰ代表リンとのプライベートなひと幕ですね。ああいった形になるとは、作者自身書き始めるまで思ってもみませんでしたが。

ところで「銀河戦記の実弾兵器」を読んで下さった読者の方々から、ブログだったり掲示板だったりで提示された謎《なぞ》が解決していない点のご指摘を多数頂いております。太朗や小梅《こうめ》の正体しかり、地球の現在の状況しかりといった所ですね。確かに第2巻現在においても解決しておりませんし、こちらで一応の回答をしたいと思います。

この回収されていない伏線や謎につきましては、元々がＷＥＢ連載小説であるという点が大きな理由となっています。というのも一般の書籍と違い、ＷＥＢ小説にはページ数や文字数の制限が事実上存在しません。第～巻という形で区切りを入れる必要も無い為《ため》、物語の構造をかなり長いスパンで作成しています。そこら辺の違いがどうにも、多数の読者の違和感に繋《つな》がったのではないかと考えていたり……というのが、言い訳がましい作者の解釈です。いやはや、上手な作家様方はその辺もうまくやっておられるので、きっとＧｉｂｓｏｎの力量不足が大きいのでしょう。精進致します。

最後に、我が家の愛くるしい4匹の猫と、もっとＧｉｂｓｏｎと仲良くなりたくて仕方がないものの、執筆作業という激務に追われる作者の姿に遠慮してしまっているのだろう見目麗しいいつもの4人の女性達に、今後の進展を祈りつつこの本をささげます。

OVERLAP

銀河戦記の実弾兵器《アンティーク》 2
バトル・オブ・アルファ

発　行　2014年11月25日　初版第一刷発行

著　者　Gibson
発行者　永田勝治
発行所　株式会社オーバーラップ
〒150-0013　東京都渋谷区恵比寿1-23-13
校正・DTP　株式会社鷗来堂
印刷・製本　大日本印刷株式会社

Printed in Japan ISBN 978-4-86554-014-7 C0193